飛騨十三《じゅうさん》墓《ぼ》峠《とうげ》殺人事件

木谷恭介

Kotani Kyosuke

文芸社文庫

目　次

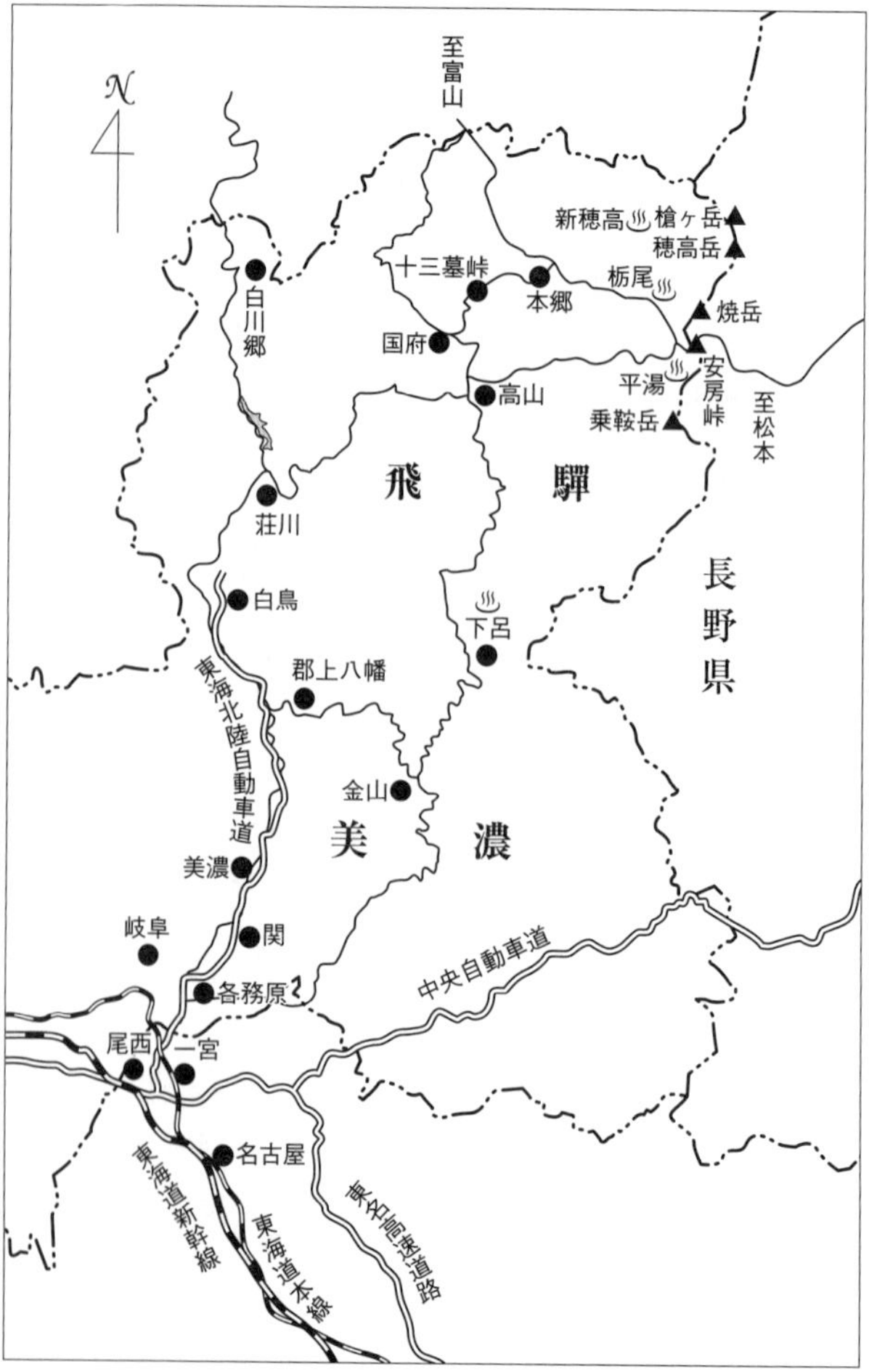

N
至富山
新穂高
槍ヶ岳
穂高岳
栃尾
焼岳
安房峠
平湯
乗鞍岳
至松本
白川郷
十三墓峠
本郷
国府
高山
飛
騨
荘川
長
野
県
白鳥
下呂
郡上八幡
東海北陸自動車道
金山
美
濃
美濃
岐阜
関
各務原
中央自動車道
尾西
一宮
名古屋
東海道新幹線
東海道本線
東名高速道路

第1章　飛騨高山・幕袖から発射されたボウガン

1

西脇智早《にしわきちはや》の乗った《ワイドビューひだ》が、終着駅の高山に着いたのは二十時十二分であった。

正月の五日。

観光客や帰省客が都会へ引きあげて行く時季だから、列車から降りた客はそれほど多くなかったが、

「智早、ここよ！」

改札口からからだを乗りだして、八巻夕規子《やまきゆきこ》が大声で手を振った。

ドキッとするほど真っ赤なコートを着込み、黄色い毛糸の手袋をしていた。

まえを歩いていたビジネスマンふうの男が、智早を振り向いた。

夕規子のはしゃぎぶりが派手だったから、誰を迎えにきたのかと思ったらしい。

智早は恥ずかしさで真っ赤になる思いで、小走りに改札口をでた。

「智早、晩ご飯、食べた？」

夕規子はあけすけな声でたずね、ビジネスマンふうがふたりをみくらべ、忍び笑いをうかべて横をとおりすぎて行った。

挨拶代わりに晩ご飯を食べたかといったのが可笑しかったわけではなく、小柄で小太りのからだを真っ赤なコートで包んだ夕規子と、痩せて背の高い智早の組み合わせが、異様に思えたのだろう。

智早は一応、今年の流行色のグレーで服装を決めていた。

ふたりとも二十七歳。

職業もおなじで、歌手。

おたがいにCDを一枚もだしていないし、知名度はゼロにひとしいが、夕規子は高山、智早は東京の芸能事務所に所属している〝プロ〟の歌手であった。

「まっすぐ社長の家へ行く？」

夕規子が智早の手をにぎり、駅舎をでながらたずねた。

「だって、そのためにきたんだもん」

智早は街へ目をながしながらこたえた。

雪が降っていた。

みやげものや商店が早仕舞いした暗い駅前を、タクシーのライトが行き交い、ぽってりと舞い落ちる雪をうかびあがらせている。

社長というのは夕規子が所属している東山《ひがしやま》芸能の楠田裕司《くすだゆうじ》のことであった。五年まえまで智早も東山芸能に所属していた。

近在の温泉のホテルのアトラクションや、高山でおこなわれる有名な歌手のショーの前座を斡旋するちいさな事務所で、所属しているタレントは全員、のど自慢出身者。

その東山芸能からスターがひとり生まれた。

楠田が作詞した『奥飛騨悲歌《エレジー》』がヒットしたのだ。

楠田はその夢が忘れられないのか、智早にデビューをすすめてきた。

〈高山が月ごとに変わっていく。日本も世界も変わっていくのだから、仕方ないのだろうが、高山だけは変わってほしくないというねがいを込めて『ここは天領、飛騨の町』というフレーズが浮かんでいる。タイトルにするか、サビのフレーズにするか。君に合う歌ができそうに思う。その歌で君をデビューさせたい。早急に一度、高山にきてほしい〉

というメッセージを添えて。

柳の下の二匹めのドジョウの気がしなくはないが、拒む理由はなかった。

東京でプロの歌手をしているとはいっても、智早にあたえられるステージといえば健康ランドの宴会場がせいぜいのところ。忘年会や新年会のすし屋や飲み屋で歌うことがおおく、誰が名づけたのか『ワンコインシンガー』。

ギャラがワンステージ五百円というわけではないが、その場かぎり、使い捨てのシンガーであった。

楠田の誘いに賭けてみよう。

そう決意して五年ぶりに高山へやってきたのだ。

「でも、社長、家にいないと思うよ」

夕規子が駅前広場のはずれにとめた車へ案内して行きながらいった。

「どうして？」

「あれよ……」

夕規子は向かいのビルへ目をやった。

ビルの壁面いっぱいにかかったおおきな看板が、街灯の光をうけてぼんやりとうかび、ふっくらとした顔だちの藤代《ふじしろ》まゆみが微笑していた。

藤代まゆみショーの看板であった。

「きてるの？」

智早は胸を衝かれた思いで夕規子をみつめた。

「うん。S席が一万円で、A席が七千五百円。いちばん安いB席でも五千円……。前座ででないかって声をかけられたけど、あいつだけは嫌だ」

夕規子は唇を噛みしめ、首を横に振った。

五年まえ、藤代まゆみも東山芸能に所属していた。

智早や夕規子より五つ年上で、男好きのする顔だちだから、こぼれるような色気があったし、民謡がうまかった。

その藤代まゆみが『奥飛騨悲歌』を盗《と》った。

楠田が智早のために書き、東京へ何度も足をはこんで新進の作曲家をくどき落とし、お膳立てがすべて整ったところで、からだで盗った。

たった一曲のヒット。

たった一曲だが、歌手にとってはその一曲がすべてで、藤代まゆみの人生は変わった。

『奥飛騨悲歌』はその年のレコード大賞新人賞に輝き、紅白歌合戦にも出場した。

五年がすぎたいま、藤代まゆみは大スター。智早はいまだにワンコインシンガー。

「あいつ、虫も殺さない顔をしてるけど、びんぼうかずらもいいとこなんだ」

夕規子は吐き捨てるようにいった。

びんぼうかずらというのは藪枯らしのことだ。藪の草木に巻きついて、自分はどんどん繁殖していくが、巻きついた藪を枯らしてしまう。

「でも、のしあがっていくひとは、みんな、そうじゃない？」

「そうだけどさ」

夕規子は駅前広場のはずれにとめてあった軽自動車のドアを開けた。

五年まえもこの自動車だった。

智早も変わらないが夕規子も変わらない。

小柄だから、『手のりサイズのふるさとスター』。

天童《てんどう》よしみばりのパンチの効く演歌を唸るが、ふるさとスターもワンコインシンガーも、変わるのは年齢と肌の衰えだけで、ギャラも人生も変わらない。

「ショーの会場へ行ってみない」

助手席にすわった智早がいい、

「そうね。会場で社長をつかまえるか」

夕規子はアクセルを踏んだ。

意地を張っているが、夕規子は藤代まゆみのショーをみたいのだ。

フル編成のオーケストラをしたがえて、スポットライトを浴びて歌う。それも他人の前座ではなく、スター歌手として。

歌手は誰だって、その日がくるのを夢みているし、同時にその日が永遠にこないことも知っている。

それだけに、他人のショーの会場でもいい、熱気のなかに身を置きたい。熱気にみちたステージを想像するだけで血が騒ぐ。

夕規子の横顔がそう語っていた。

2

会場の文化会館の駐車場は車で埋まっていた。

「これ、すごいよ。ここの大ホール、定員が一三二〇だけど、これだと補助椅子まで でる超満員だよ」

夕規子は駐車スペースをさがして、ひろい駐車場を一周し、いちばんはじっこにやっと車をとめると、雪の降りしきるなかを会館の玄関へといそいだ。

もうそろそろフィナーレをむかえる時刻で、智早と夕規子がそっとドアを開けて会場へはいったとき、満場から拍手が沸きあがり、ステージの照明がフェードアウトしたと思うと、一条のスポットライトが舞台のそでに立った司会者を照らし、

「さあ、皆さん、今宵の藤代まゆみショーも、お別れのときがちかづいてまいりました。ご当地の飛騨高山が生み、飛騨高山に育《はぐく》まれて、今日この日まで歩んでまいりました藤代まゆみが、フィナーレにお贈りする曲は、もうこれしかございません。皆さ

んがお待ちかねのこの曲、そう、『奥飛騨悲歌』……。雪に芽生えた恋、雪ゆえに悲しい別れが待っている、雪に生まれ雪に燃えた飛騨の恋、さあ、藤代まゆみが歌います、世紀の絶唱、『奥飛騨悲歌』！」

叫ぶように紹介し、スポットライトが消えると、ステージ全体がブルーの照明に変わり、紙吹雪がひらひらと舞い落ちはじめた。

ブルーの照明が明るさを増すのにつれて、ステージの中央でシルエットとなっていた藤代まゆみが次第にうかびあがった。

風がまきあがるようにオーケストラの演奏がはじまり、ライトが明るくなった。

まゆみは藤色の和服を着ていた。藤色の和服が色の白いぽっちゃりした顔だちによく似合っていた。

客席を溜息がながれた。

こぼれるような色気がセールスポイントの藤代まゆみだが、生《なま》でみるそれは妖艶といってもよかった。智早はもちろん、悪口をいった夕規子まで息を飲んでいた。

そのとき、舞台に向かって左手、最前列にちかい客席が揺れた。

マイクをかまえて、歌いだそうとした藤代まゆみは、胸を衝かれたように眉をしかめ、次の瞬間、凝然と視線を凍らせた。

壁際の通路をふらふらとステージへ歩み寄った男がいた。男はステージの藤代まゆ

みへ手にした花束を差しのべ、

「まゆみ、まゆみ……」

のめり込むようにステージへ倒れ込んだ。

智早は酔っぱらったファンかと思ったが、そうでないことはまゆみの表情と態度が語っていた。

ライトがその男の頭の部分を照らしていた。

男の首に棒のようなものが突き刺さっていた。

男が上体をあずけるように倒れたステージが真っ赤に変わっていった。

「社長じゃない？」

夕規子が智早をみつめ、はじかれたようにステージへ向かって走りだして行った。

智早はそのあとを追った。

満員の客席は総立ちになっていた。

夕規子の走りだすのが、一秒か二秒おくれていたらステージにたどり着くことはできなかったにちがいない。

ホールからでようとする観客と、何が起きたのか自分の目でたしかめようとする観客とが、通路でぶつかり合い、身動きがとれなくなったからだ。

智早がやっとのことでステージにたどり着いたとき、ホール全体の明かりがついた。

ステージに上体をあずけて倒れていたのは、社長の楠田であった。

楠田が手にしていた花束はステージのエプロンのところに転がっていた。ショーが終わったあとのカーテンコールで、花束を贈呈することになっていたらしい。

その華やかなセレモニーの予定が、血なまぐさい事件に変わった。

首に突き刺さっているのは矢であった。矢はのど仏の左下から斜めに深々と突き刺さっていた。

普通の矢ではなく、直径一センチほどの鉄の棒でできていて、黒光りしていた。

「社長、何があったのよ」

夕規子が楠田の肩をゆすった。

楠田はかすかに目をあけ、

「ホテル瑞祥《ずいしょう》だ……」

と、かすれた声でいい、それがよくなかったのか、オエーッとはげしく吐血した。

「ホテル瑞祥って、下呂《げろ》温泉の瑞祥のこと?」

夕規子は楠田の顔をのぞき込んだ。

「そうだ……」

楠田はかすれた声でうなずき、夕規子のうしろからのぞき込んでいる智早と目が合うと、

「やりきれない……。やりきれない、ね」

うめくようにいった。

「社長、苦しいんですか」

智早はおおきな声でたずねた。

楠田は首を横に振り、

「ちがう。こんなことをした奴が、やりきれないんだ」

とこたえると、ガクッとからだから力が抜けた。

「社長！」

智早は愕然とする思いで、その楠田とステージの上を交互にみつめた。

ステージのとっつきに楠田が倒れていて、血をながしているため幕をおろすことができなかった。

煌々とライトが照らしているステージから藤代まゆみの姿は消えていた。

オーケストラのメンバーが何人か、恐るおそる楠田をのぞき込み、幕袖で、

「警察にしらせるんだ。一一九番にも電話しろ！」

まゆみのマネージャーらしい男が叫んでいた。

その誰もが何が起きたのか判断がつかず、おろおろしていた。

そんな混乱が一、二分つづいただろうか、場内アナウンスが、

「不測の事態が起きましたので、ショーは中止いたします。もうしわけございませんが、ショーは中止いたします。お静かにホールをでてください」

と、くり返して放送しはじめた。

智早は楠田の首に突き刺さっている矢をみつめた。

和弓につかう矢ではなかった。たぶん、洋弓だと思う。

それも正式のアーチェリーではなく、ボウガンというのだろう。

ときどきボウガンで射られたネコや、矢が刺さったまま飛んでいる野鳥がニュースになることがある。

ボウガンらしいことまではわかるが、このホールのどこから射たのか。どうして、楠田が射られたのか。

智早にはまったくわからなかった。

「夕規子、ホテル瑞祥ってなんなの？」

智早はたずね、

「下呂温泉のホテル瑞祥のことだと思うけど……」

夕規子がこたえた。

「だけど……」

智早は声を飲んだ。

下呂温泉のホテル瑞祥なら、智早もそこのショーに出演したことが何度かある。

高山から特急の《ワイドビューひだ》で四十分ほどの有名な温泉で、ホテル瑞祥は下呂温泉屈指の大型リゾートホテルであった。

そこへ観客をかきわけるように警官があらわれ、

「みんな、ホールからでて！」

と、叫び、それとほぼ同時に、ステージの幕袖から五、六人の制服警官が飛びだしてきた。

「皆さん、ホールからでてください。そこの赤いコートの女性、遺体から離れて！」

警官は夕規子を指さして叱りつけ、ステージの下にいた警官が夕規子の腕をつかむと、のぞき込んでいた観客もろとも、通路のほうへ押しだした。

「わたし、射られたひとの関係者よ！」

夕規子が抗議をしたが、警官の耳にはいらなかったようだ。

その夕規子に押されて、智早は通路まであとずさった。

ステージに向かって左手の通路で、そこは最初に客席が揺れた箇所であった。

智早はステージを振り向いた。

ステージとの距離は十メートルと離れていなかった。

楠田はこの通路で立ってみていたのだろうか。

立ってみていたとして、ステージのどこからボウガンを射られたのか。

射られたとき、ステージには藤代まゆみしかいなかった。いや、オーケストラがいたが、オーケストラはステージの右手奥で演奏していた。

ステージのブルーの照明が明るく変わり、まゆみがマイクをかまえて歌いだそうとした瞬間であった。オーケストラのなかの誰かがボウガンを射たとしたら、矢はまゆみのうしろをかすめ、ステージを横断して飛んだはずであった。

そんな様子はなかった。

矢がステージを横断して飛んだのなら、まえのほうの観客にはみえたはずだし、オーケストラの位置からは三十メートルちかい距離がある。よほどの名手でも、狙いをあやまたずに楠田ののどを射ぬくことは不可能ではないだろうか。

考えられるのはステージの左手の幕袖から射たのではないか。

智早にはそうとしか思えないが、警官に追いだされた観客がうしろから押してくるため、正確に距離と角度を確認することはできなかった。

3

押しだされるようにロビーにでた智早と夕規子は、そのまま帰ることもできず、かといってもう一度、ステージへもどるのも気が引ける。うしろ髪を引かれる思いでロビーに足をとめた。

おなじ思いのひとが大勢《おおぜい》いるようで、ロビーはそこかしこにひと溜まりができていた。

「撃たれたんは、本町《ほんまち》の楠田さんらしいね」

「楠田さんの芸能事務所に藤代まゆみがおったから、ショーの最後に花束を贈呈することになってたんとちがいますか。そのために通路で待機してたとこを撃たれたらしいけど……」

「けど、満員の観客の目のまえやというのに、どこから撃ったんじゃ」

「矢が首に突き刺さっとった角度から考えて、高いところから撃ったと思うんじゃが……」

六十年輩の男女が七、八人、興奮した口調で話していた。

高山は人口九万三千、飛驒地方の中心都市だが、歴史の古い町だから楠田を知っているひとがおおいようだ。

智早や夕規子が証言をするまでもなく、警察はもう被害者が楠田だと知っているにちがいない。

矢の角度は智早もみていた。

首を横につらぬいたのではなく、のど仏の左下から斜めに食い込むように突き刺さっていた。

ステージと客席では一メートルほど高さがちがう。

そのため、上から射られたように突き刺さっていた。

夕規子は話している男女を横目ににらみ、

「ホテル瑞祥だけど、あそこ、ボウガンの競技場があるのよ」

と、小声でいった。

智早は夕規子をみつめた。

いわれて思いだした。

ホテル瑞祥は収容客数八百五十名の大型リゾートホテルで、各種のスポーツ施設を備えていた。

そのなかにアーチェリーの競技場があり、そこでボウガンの練習もできるようになっていた。

アーチェリーもボウガンも日本では一緒くたにして洋弓と呼んでいるが、アーチェリーはオリンピックの正式種目になっているだけあって、素人が簡単に遊べるスポーツではないが、ボウガンはアーチェリーにライフルの要素を組み合わせ、初心者でも的を射ぬけるようにつくられている。

ネコや野鳥が狙われるのはそのためで、ちょっと練習すると的中できるような気にさせる遊戯であった。

「それに、ホテル瑞祥、おかしなことになってるんだ」

夕規子は智早をロビーの隅へ引っ張って行った。

「おかしなことって？」

「去年の五月に倒産したのよ」

「倒産？」

智早は目をみはった。

「あそこ、派手にやってたでしょう。バブルのころはよかったけど、ここ何年かは苦しかったらしい。百七十億とかって借金をかかえて、どうにもならなくなったらしいんだ」

夕規子はそういい、

「従業員の給料はもちろん、電気代や仕入れ代金も払えなくなって、ストライキが起きるわ、取引き業者が回収に殺到するわで、ひところは大騒ぎだったんだけど、暴力団系のひとが乗り込んできたと思ったら、あっという間にごたごたを片づけ、宿泊料金をまえの半分以下に値下げして、高級路線から薄利多売にしたんだ。いまは大繁盛してる」

と、智早をみつめた。

「社長、それに関わってたの？」

智早はたずねた。

楠田が息を引き取る直前に、ホテル瑞祥といったのはそれなのか。息苦しいようなものが智早を襲っていた。

「関わってたかどうかは知らない。でも、経営者が代わってから東山芸能の仕事がふえたみたい」

「夕規子もよくお座敷があった？」

「ええ。週に二回くらいかな。乗り込んできた暴力団系のひと、大日向晃《おおひなたあきら》といって五十歳そこそこかな。腰のひくいひとで、わたしたちにも愛想がいいよ。まえの経営者のときのように、わたしたちにコンパニオンのようなことをしろなんていわないから、稼ぎやすくなったし……」

夕規子はわかるでしょうという顔になった。

智早や夕規子たちワンコインシンガーが歌うのは、主に宴会の席であった。

ギャラは二ステージで一万円前後。

週に二回も仕事があるのは恵まれているほうで、智早が先月、芸能事務所から振り込まれたギャラは八万円しかなかった。

それで生活ができるのは、お客からの〝おひねり〟があるからで、コンパニオン代わりにつかわれると、〝おひねり〟が特定の客にしか期待できなくなってしまう。ワンコインシンガーでも歌手なのだから、歌っているときが華《はな》で、ひとりの客がおひねりをくれると、それが一種の特異体験のように思えるのか、次から次へとつづくものであった。

景気のいい宴会にあたると、おひねりだけで五、六万になることがめずらしくない。平均すると月に二、三十万というところだが、そういうことに気を配ってくれるのは暴力団系のひとにおおく、以前のホテル瑞祥はおひねりに冷ややかであった。

ホテルの従業員にチップをもらうことを禁じている。智早たち出入りの歌手もそれに従えというのだった。

「だけど、夕規子たちの仕事がふえたぐらいで、社長が殺されるなんてことないでしょう」

そういった智早は会館の入口へ目をやった。

私服の刑事を先頭に十五、六人の警察官がはいってきた。おおきなジュラルミンの箱をさげた作業服の捜査員が、ものものしい勢いでホールへはいって行った。

それにつづいて、楠田の妻が駆け込んできた。

妻は瑠璃子《るりこ》という。

智早が東山芸能に所属していたころは三十すこしすぎで、藤代まゆみほどではないが、色白の美貌だった。五年ぶりにみかけた瑠璃子は、場合が場合だから血相が変わっていて、整った美貌が夜叉《やしゃ》か般若《はんにゃ》のように思えた。

その顔つきで思いだしたが、瑠璃子は藤代まゆみを憎悪していた。

智早のためにつくった『奥飛驒悲歌』を、まゆみはからだで奪った。

それを告げ口した男がいて、瑠璃子はまゆみを憎んだし、楠田との夫婦仲も険悪になり、東山芸能全体がピリピリする状態がつづいた。

夕規子もおなじことを思いうかべたらしい。

「奥さん、社長を殺したのはまゆみだ、そう思ってるんじゃないかな」

瑠璃子が駆け込んで行ったドアをみつめた。

ドアのまえには制服警官が立っていた。

ここは殺人現場だ。誰も入れさせない。警官はそんな表情をしていた。

ロビーのひとだかりも、すこしずつ減りはじめていた。智早と夕規子も立ち話をつづけるのが気になってきて、玄関へ向かいながら、

「社長、『ホテル瑞祥だ』っていったあとで、『やりきれない』っていったわね」

智早は夕規子へ顔を向けた。

「苦しくてやりきれなかったんかな」

夕規子がいった。

「それだったら、苦しいっていったんじゃない」

「そうだけど、ほかに意味がある?」

話しながら玄関をでた。

とたんに智早は身震いに襲われた。

雪はやんでいたが、風がでた。飛騨特有の針をふくんだ風であった。

さっきは満杯だった車が消え、ひろい駐車場では風が雪を吹きあげていた。

駐車場のコンクリートが凍りはじめていて、うっかりすると足をとられそうで、夕規子に支えられる格好で車にたどりつき、助手席にすわっても震えがとまらなかった。

「大丈夫?」

夕規子がエンジンをかけ、暖房のつまみをひねりながらたずねた。

「大丈夫。温度差がはげしいと、わたし、これがよくでるのよ。すぐ落ち着くから

……」

智早は歯の根の合わない悪寒《おかん》を噛みこらえながらいった。

暖かいところから急に寒いところへでると、激しい悪寒に襲われることがよくあり、ひとは何が起きたのかとおどろくが、これは体質であった。

「すぐ暖かくなるから……」

夕規子は車をスタートさせ、高山の市街地から遠ざかる道を国道41号線のバイパスにでた。

夕規子のアパートは市街地の北のはずれにあり、バイパスをとおるほうがはやいからであった。

車は高山高校が建っている丘の下をとおりぬけ、右折して高山本線の線路を跨線橋でわたった。

右手に街のネオンがひろがり、空を覆う厚い雲に反射して、濁った紅茶色をみせている。

ふたたび、雪が舞いだした。高山に着いたときのぼってりした雪ではなく、粉雪であった。

今夜は吹雪になりそうだ。

智早は不吉なものをかんじていた。

4

「だけど、智早、高山へきた意味がなくなったね」

アパートに帰りつくと、夕規子は石油ストーブとテレビをつけ、熱いお茶を智早にすすめながらいった。

ちいさな冷蔵庫があるだけの素っ気ない四畳半のダイニングキッチンに、食卓と椅子がふたつ置かれていて、食卓の上には写真立てがぽつんと置いてあった。

スリットのはいったチャイナドレスを着た夕規子。〝手のり〟サイズの演歌の星。ふるさとスターのポートレート。

家具はほとんどないが、奥の六畳の部屋の壁にびっしりと舞台衣裳が吊るされていた。

どれもがどぎつい原色で、それが逆にうらぶれた感じをさそう。

ワンコインシンガーの部屋はどこも似たようなものだ。

ちがいがあるとしたら、男がいるかいないか、それだけだろう。

「それはいいけど……」

智早が生返事をするのへ、

「でも、よかったかもしれないよ。デビューって、そりゃ夢だけど、デビューしただけで終わった歌手が、それこそ掃いて捨てるほどいる。それに、社長はああみえて、案外、ワルかもしれないんだ」

と、夕規子はいった。

「社長が？」

「うん。わたし、藤代まゆみのことをびんぼうかずらだっていったけど、ほんとは社長がそうなのかもしれない」

「どうして?」

「まゆみに何人、男を食べさせたのかな。わたしが知ってるのはホテル瑞祥の社長だけだけど……」

「ホテル瑞祥の社長を食べたの?」

「そうよ。まゆみが食べたのか、社長が食べたのかわからないけど、ホテル瑞祥が倒産した原因の十分の一ぐらいはふたりにあると思う」

「ほんと?」

「だって、考えてごらんよ。まゆみがデビューしたとき、週刊誌という週刊誌が、マネージャーが自殺したとか内縁の夫が失踪したとかって書き立てたじゃない。東山芸能で民謡を歌ってたまゆみにマネージャーなんかいるわけがないし、内縁の夫だっていやしない。それがどうして自殺したり、失踪したりするのよ」

夕規子は冷めた口調でいった。

週刊誌やスポーツ新聞が狂ったように、藤代まゆみを〝魔性の女〟と書き立てた。

あのとき、智早はどうして、まゆみが悪者にされるのかわからなかったが、売りだしのためのキャンペーンだったと考えれば、話は納得できる。

あれはマスコミが書き立てたのではなく、マスコミを買収して書かせたらしい。

夕規子はつづけた。

「歌手をひとり売りだすのに一億かかるとか、三億は軽く吹っ飛ぶっていうじゃない。身ひとつで東京へでて行ったまゆみが、テレビの歌番組に次から次へと出演したり、その度に何百万円もする衣裳を取っ替え引っ替え着てたんだって、わたしたちが知らないからくりがあったんだ」

「そうね……」

いわれてみればうなずけなくなかった。

『奥飛騨悲歌』を作詞したのは楠田だが、作曲は新進気鋭の片平圭悟《かたひらけいご》で、その片平がレコード会社に推薦したという話だったが、それもこれも金で話がつき、その金はホテル瑞祥からでた。そう考えれば辻褄が合う。

五年まえ、楠田は藤代まゆみを売りだすために奔走し、まゆみはスターの階段を駆けのぼって行ったが、楠田が得たものは何もなかった。

だが、それは上辺の話で、ホテル瑞祥の社長がまゆみのスポンサーで、億という金をだしていたと考えると、これも話はわかる。

楠田はホテル瑞祥がだした金から、いくらでも抜くことができた。

「智早からデビューの話を聞いたとき、わたし、社長は今度、誰を食べるつもりなんだろうと考えた。この不景気でしょう。食べられそうな相手が思いつかないもん……」

「だけど……」

智早は夕規子をみつめ、でかかった言葉を飲み込んだ。

楠田はそんな話をまったくしなかったが、智早を高山へ呼んだのはスポンサーとの顔みせのためだったのか。

まさかという思いと、そのとおりかもしれないという気持ちが交錯していた。

「でも、社長が殺されたのはホテル瑞祥と関係ないんじゃない？」

智早は夕規子の顔をうかがった。

「ないと思うけど……」

「ホテル瑞祥に乗り込んできた暴力団系のひとと社長の関係は？」

「それもないいんじゃないかな」

「だけど、暴力団系が乗っ取ってから、夕規子たちの仕事がふえたんでしょう」

「いくらかふえたのはたしかだけど、そんなことで殺人事件が起きたりしないよ」

「でも、社長はホテル瑞祥だといったわ」

「そうだけど……」

「ホテル瑞祥のまえの社長、山浦《やまうら》さんといったわよね。山浦社長がうまくいかなかったのに、暴力団系のひとだと繁盛するの、どうしてなの？」

「わたしにはわからないけど、そのひと、立て直すのがうまいらしいんだ。ホテル瑞祥だけじゃないみたいよ。美濃太田のちかくのゴルフ場で、やっぱり倒産したのを立て直したそうだし、裁判所が競売をするビルや土地があるじゃない。それを落札する『大阪ニュービジネス』とかって会社もうまくいってるそうよ」

そういった夕規子はテレビへ目をやった。

「いまはいったニュースをお知らせします。今夜八時半ごろ、岐阜県高山市の文化会館でおこなわれていた歌手の藤代まゆみさんのショーの最中、ボウガンのようなもので、観客が射殺される事件がありました。殺されたのは高山市で芸能プロダクションを経営する楠田裕司さん、四十三歳。何者かがステージの幕袖から、ボウガンを射たものと思われ、警察は大胆不敵な犯行とみて捜査を開始しました」

アナウンサーがニュースを読みあげた。

智早も目をこらしたが、ニュースはそれだけであった。

「社長がホテル瑞祥っていいのこして死んだのを、警察に話さなくていいのかしら」

智早は夕規子をみつめ、

「まゆみがわたしをみてたから、警察に話してるわよ。明日、きっと警察が聞きにくる。そのとき話せばいいよ」

夕規子は落ち着いていった。

「わたしが社長に呼ばれて高山にきたのと、関係はあるのかしら……」

「あるわけがないよ」

夕規子は即座に断言し、

「仮に社長が智早をだしにして、何かをたくらんでいたとしても、それは社長の勝手で、智早とは関係ないよ。それに、この事件、すぐ解決するんじゃないかな。犯人が幕袖にいたことは百パーセント確実なんだから、ショーか舞台関係者しかないもん」

と、つけくわえた。

智早も同感であった。

幕袖からボウガンで射たのだ。

犯人がどういう意図で楠田を狙ったのかはわからないが、ショーの最中、幕袖にいることのできる人物はかぎられている。

智早が心配するまでもなく、もうすでに逮捕されているかもしれない。

5

翌朝、目が醒めると、町は一面の銀世界であった。

空は真っ青に晴れ、冬の太陽が白一色の町をまぶしく照らしていた。

「駐車場の雪かきをしとかなくちゃあ」

夕規子は顔を洗うのもそこそこに、スコップを持って表へ飛びだして行った。

道路は朝いちばんで市が除雪するから、よっぽどの大雪以外は交通に支障はないが、駐車場をでるところまでの雪かきは日課のようなものであった。

智早も手つだって雪をかき終えたとき、アパートのまえに車がとまり、男がふたり降りた。

一見して刑事だとみてとれたが、助手席から降りた年かさのほうと目が合い、智早は、

「まあ……」

目をみはった。

草壁公生《くさかべきみお》といい、智早が高山に住み、東山芸能に所属していたころ下宿していた家の主人であった。

草壁のほうもおどろいたようで、

「西脇さんが、どうして？」

なつかしさと意外さの入りまじった表情になった。

「昨夜、高山にきて文化会館で社長の事件を目撃したんです」

智早がそういうと、

「ああ。そうでした。あなたは東山芸能に所属してたのでしたね」

草壁はうなずき、

「このひとは、以前、わたしの家に下宿してたんだ。西脇智早さんといって歌手だよ」

運転してきた刑事へ顔を向けた。

その刑事は三十ちょっとすぎで、草壁にくらべると着ている服が垢抜けていた。

「草壁さん、社長の事件の捜査を担当なさってるんですか」

智早がたずね、

「ああ。わたしは県警本部に転勤してね。昨夜おそく駆けつけてきたんだ」

草壁はそうこたえ、

「あなたなら話ははやい。藤代まゆみさんからこちらの八巻夕規子さんのことを聞いて、話をうかがいにきたんだが……」

と、スコップを持っている夕規子へ目をやった。

夕規子はぴょこりとお辞儀をした。

草壁はその夕規子に、

「被害者が亡くなる直前、あなた、ひと言かふた言話したそうですね」

と、たずねた。

「ええ。わたしと智早は事件が起きたのを、客席のいちばんうしろでみたんです。撃たれたのが社長らしいと思って、ステージへ飛んで行って、何があったんですかって話しかけたら、『ホテル瑞祥だ』と」

夕規子はありのままをこたえた。

「ホテル瑞祥？」

「ええ。下呂温泉のホテルですが……」

「それだけですか」

「いえ、そのあとで『そうだ、やりきれない』と」

「やりきれない？」

「ええ……」

夕規子は智早へ目を向け、

「そうなんです。わたしも夕規子の横で聞きました。ホテル瑞祥と、やりきれないって……」

智早は草壁にいった。

「ホテル瑞祥はわかるが、やりきれないというのはどういうことです？」

「さあ……」

智早と夕規子はそろって首をひねった。

楠田はたしかにそういった。

聞きまちがえではなく、たしかに「そうだ、やりきれない」といった。

それははっきりしているが、苦しくてやりきれないというのか、何がやりきれないのか、意味は智早にも夕規子にもわからない。

「何をいいたかったんですかね」

草壁は夕規子の表情をさぐり、

「それ、智早とも話したんですが……」

夕規子は首を横に振った。

草壁も首をひねり、

「社長はホテル瑞祥とはどういう関係でした？」

と、たずねた。

「別に特別な関係はないと思うんですが、しいていいますとホテル瑞祥にはボウガンの練習場があるんです。社長はそれをいったんじゃないですか」

と、夕規子はこたえた。

「練習場がある？」

草壁は若い刑事へ顔を向けた。

「それはアーチェリーの競技場じゃないですか」

若い刑事がたずね返した。

「でも、アーチェリーよりボウガンをするお客のほうがおおかったんです」

「できなくはないですね。的までの距離をみじかくすればいいんだから……」

若い刑事はうなずいた。

「しかし……」

草壁はちょっと考え、

「死ぬ間際にいいのこしたんですよ。そんな練習場のことではなくて、もっと重大な意味があったんじゃないですか」

と、たずねた。

「そうかも知れませんが、ほかには思いあたることがないんです」

夕規子は素っ気なくこたえた。

智早はその夕規子をみつめた。

それだけではないはずであった。

藤代まゆみを売りだす資金はホテル瑞祥の山浦社長からでた。ホテル瑞祥が倒産した原因の十分の一ぐらいは楠田と藤代まゆみにあると、夕規子はいった。

楠田が口にしたホテル瑞祥は、倒産するまえの瑞祥なのか、倒産して暴力団系の手にわたったいまの瑞祥なのか。それも疑問であった。

夕規子はそれをどうして話さないのか。

それが智早には不審に思えた。

草壁は智早の表情に気づかなかったようだ。

「藤代まゆみさんはむかし東山芸能にいたそうですね。それがあのとおりのスターになった。楠田社長とのあいだでトラブルがあったというような話は聞いてませんか」

と、智早にたずねた。

「どうなの?」

智早は夕規子へ顔を向けた。

「なかったわよ。昨夜のショーに東山芸能の歌手が五人も前座で出演してたし、わたしは知らなかったけど、カーテンコールに社長が花束を贈呈することになってたんでしょう。トラブルがあったら、そんな依頼はなかったと思いますけど……」

夕規子はあとのほうを草壁にいった。

「じゃあ、ほかに楠田社長とトラブルがあったり、恨んでいるひとは知りませんか」

「さあ……」

「そうですか」

草壁はがっかりした顔になり、

「犯人は舞台の機構というか、ステージのシステムにくわしい人間です。具体的にいうと、ステージの上の部分に化粧幕が垂れさがっていますね」

　と、両手で横長の矩形を描き、その上のほうに親指と人差し指をひろげて幕を描いてみせた。

「ええ……」

　智早はうなずいた。

　客席からはみえないが、ステージの上はフライロフトという吹き抜けになっていて、そこにいろんな道具や照明装置が吊るされている。

　草壁のいう幕はその吹き抜けの空間と、吊るされている照明装置などを遮蔽するための幕であった。

「犯人がその幕の蔭からボウガンを撃ったのは、はっきりしてるんです」

　と、草壁はいった。

「そんなところから……」

　智早は息を飲んだ。

　ステージから十メートルぐらいの高さがある。

「舞台というのはいろんな仕掛けがあるんですね。その幕のすぐ裏側に足場が吊るされていました。犯人はそこから楠田社長を撃ったんです」

「そんなとこへどうやってのぼったんです?」

「幕袖に縄梯子がかかっていて、のぼれるように用意してあったんです。ところが、藤代まゆみのショーの舞台監督も文化会館の従業員も、それに気づかなかった。事件のあとになって、はじめて気づいたんです」

「そんな……」

智早は夕規子と顔をみ合わせた。

足場を吊ることはできなくない。

昨夜のショーでいえば、フライロフトに籠がいくつか吊るしてあり、その籠に紙吹雪用に切った紙がはいっていた。

籠を揺らすとちいさな三角形に切った紙が舞い落ちて、雪の降る光景を演出する。最初はちらちらと、歌がクライマックスになるにしたがって、盛大に降らせるために籠を揺する係が、フライロフトにわたしした足場にあがっていたはずであった。

「わたしはのぼってみたんです。化粧幕にはナイフで切ったあとがついてました。その足場からみおろすと楠田社長が立っていた場所が真下のように感じられた。そこならボウガンを撃つ絶好の角度です。距離も十メートルと離れていません。照明もそこにはあたらない。逆光になっていて、ステージからは盲点のようなものです。犯人はそこから楠田社長を撃ち、大騒ぎになっているなかを素早く逃走したらしいんです」

「でも……」

智早は唖然とする思いで草壁をみつめた。

大胆不敵な犯行であった。

草壁はつづけた。

「昨夜、知らせを受けて高山へ駆けつけてくるとき、わたしは簡単な事件だと思ったんですよ。満員の観客がみているなかで、ボウガンで撃つというのはショッキングな犯行だが、幕の蔭から撃った。つまり、ショーの関係者でないと幕の裏側にははいれない。ショッキングにはちがいないが、犯人はショーの関係者にかぎられている。事件が起きたとき幕の裏側にいた人物はかぎられているのだから、犯人は簡単に割れる、そう考えたんですが……」

「そうじゃないんですか」

「ところが、ショーの舞台裏というのは、いろんなひとがいるんですね。あなたならわかるでしょうが、藤代まゆみの一行がざっと三十人、それに前座の歌手が五人、これは東山芸能が派遣した歌手です。そのほか会館の従業員がいる。その従業員も正規の従業員とアルバイトがいて、そのうえ、楽屋の出入りをチェックする警備員までいた」

「それはそうですけど……」

智早は夕規子と顔をみ合わせた。

藤代まゆみショーの一行というのは、まゆみとオーケストラのミュージシャン、それにまゆみのマネージャーと着付けや化粧をてつだう付人、それに前歌の歌手と司会者と舞台監督、最低それだけの人数が必要であった。

照明や音響の係も同行したかもしれない。

だが、それだけではショーを上演することはできない。

大道具の係など、舞台裏を担当する文化会館の従業員の協力が必要だからだ。

それらのひとたちを舞台監督が掌握し、指揮することでショーは演出され、進行する。

それはショーの常識である。

「問題は藤代まゆみの一行と会館の従業員は初対面のようなもので、誰が誰なのかわからないらしいんです。会館の従業員は楽器を持っているからオーケストラのメンバーだと思うだけのことだし、警備員にしてもおなじことです。舞台の裏ではいま顔をみ合わせているのが誰で、何をするひとなのかわからないことがめずらしくないというんですよ」

「ええ……」

智早はうなずいた。

ショーの舞台裏では誰がどこのどういうひとなのか、わからないのが普通であった。

藤代まゆみのようなスターは別だが、ひとりひとりの顔と名前が一致するわけではない。といって、いちいち聞くわけに行かない。智早たちワンコインシンガーは誰かれかまわず頭をさげることにしている。

「事件が起きた直後に、三十歳前後で、身長は一メートル七十五センチぐらいの痩せた男がひとり出ていったのが目撃されています。しかし、その男は化粧幕のうしろに足場まで用意し、会館の関係者でもないというんです。つまり、舞台のシステムにくわしくて、自分で用意するそこからボウガンを撃った。しかも、楠田社長が花束を贈呈することまで知っていた。そういう人ことができた。しかも、楠田社長が花束を贈呈することまで知っていた。そういう人物に思いあたりはないですか」

草壁は夕規子にたずねた。

「さあ……。社長が花束を贈呈するの、わたしは知らなかったんですが……」

夕規子はいった。

「東山芸能の内部ではどうです?」

「知らないひとがおおかったんじゃないですか。芸能事務所って、所属してるわたしたちは、滅多に顔をだすことがないんです」

「顔をださない? 仕事の連絡はどうやってするんです?」

「ファックスです。ファックスで何月何日何時から、会場はどこそこで……。用件が送られてきますから、確認の電話をいれるんです。ギャラは銀行振込ですから、うっかりすると半年あまり事務所へ行かないことがめずらしくないんです」

夕規子は智早へ目を向けた。

智早もおなじようなものであった。

事務所へ出向くのは、特別な用件があるときで、ワンコインシンガーの夕規子や智早には特別な用件など、ほとんどないといってもよい。

東山芸能は〝ふるさとスター〟を二十人ほど抱えているが、マネージメントは楠田夫婦でおこなっている。

花束を贈呈することを知っていたのは、妻の瑠璃子とショーに出演した五人の歌手。それだけだったはずであった。

6

「もう一度聞きますが、楠田社長は息を引き取る直前に『ホテル瑞祥』といったんですね」

草壁はそうたずね、ハンカチを取りだすと、おでこの汗を拭った。

太陽が雪に反射して、熱いほどの陽気だった。

「ええ、そうです」

「ホテル瑞祥と特別の関係はなかったのですね」

草壁は確認するようにたずね、若い刑事へ顔を向けると、

「あたってみるか」

といい、

「何か思いだしたことがあったら、ここへ電話をください」

名刺を手わたして、帰って行った。

その車をみおくり、アパートの部屋へもどりながら、

「社長、どうして殺されたのかしら……」

智早は夕規子に話しかけた。

「殺されるようなことはなんにもなかったけどね」

夕規子はこたえた。

「東山芸能はうまく行ってたの？」

「わたしらはピーピーしてるけど、会社はしこたま儲けてる。東山芸能はピンはねがきついから、一日に五人、派遣するとして十五万くらいの収入になるでしょう。月に四百五十万、年間だと五千四百万円。会社の経費は年に二度だす芸能名鑑の広告と、ファックス代だけじゃない。五千万やそこらはがっちり儲けてるわよ」

智早や夕規子たちワンコインシンガーのギャラは一万円たらずだが、東山芸能は三万か五万で売っている。

高山界隈ののど自慢やカラオケ名人をかきあつめ〝ふるさとスター〟の名称で、健康ランドやホテルの宴会に派遣する。

衣裳はもちろん伴奏のCDも、バンドで歌うときの楽譜もすべてワンコインシンガーの負担。東山芸能はファックスで出演を知らせてくるだけであった。

「ギャラがすくないので、社長を恨んでたひとはいないの？」

「そりゃ、わたしだって恨んでるけど……」

夕規子は苦笑をもらし、

「わたしは若いから、そんなでもないけど、家庭を持ってるひとはギャラのことで、よく文句をいっていた。ステージで歌ってるときはいいけど、こんなことをしててどうなるのかって思うんじゃないかな。芸が身を助けるっていうけど、ほんとうをいえば、芸が身を滅ぼすだよ。昨夜のショーにでてた歌手で、一ノ瀬友也《いちのせともや》ってひとなんか、国府《こくふ》町で電気屋をしてたのが、カラオケが病みつきになって歌手になったため、店はつぶれちゃうし、奥さんには逃げられるわで、本心は恨んでると思うけど……」

と、いった。

「そのひと、いくつ？」

「ほんとの年齢は三十九かな。二、三年まえまではいっぱしの歌手気取りでいたけどね」

夕規子は乾いた声でいった。

ほんとうの年齢が三十九歳なら、ステージでは三十二、三でとおしているのだろう。ワンコインシンガーやふるさとスターにとって、最大の収入源は〝おひねり〟だから、若づくりをして観客のオバさんたちにながし目のひとつも送らないと、収入にならない。

生活がかかっているのは智早や夕規子もおなじだが、四十の声を聞くと切実さがちがってくる。

ステージの裏でみせるワンコインシンガーの素顔は、暗いものであった。

「ハムエッグでもつくる?」

部屋にはいると、夕規子はコーヒーメーカーをセットしながら、たずねた。

「それ、わたしがつくるわ」

智早は冷蔵庫をあけた。

ホテルに置かれているような小型の冷蔵庫であった。ひとり暮らしだし、出演した先に泊まることもおおく、家庭用の冷蔵庫は必要がなかった。

ひとりだとハムエッグをつくるのも面倒で、いつも朝食はコーヒーとトーストですませている。

智早は手際よくハムエッグをつくり、夕規子と食卓に向かい合ってすわった。

お腹は空いていたが、頭は事件のことでいっぱいで、話はどうしてもそっちへいった。

「犯人がショーの会場で社長を撃ったのは、藤代まゆみのことで恨みがあったんじゃない？」

智早がたずね、
夕規子がこたえた。

「だけど、それだったらまゆみを撃ったはずだよ」

「だから、次はまゆみを狙う。その予告だったりして……」

智早は冗談めかしていった。

口にしたときは無理矢理こじつけた理屈だったが、いったあとで案外、そんなことがあるかも知れないという気がしてきた。

いまは異常な事件がおおい。

犯人のほんとうの狙いが藤代まゆみだとしたら、その目のまえで楠田を射殺し、まゆみを恐怖におとしいれる。

まゆみにこころあたりがあるとしたら、ショーのステージに立つたびに、どこかから矢が飛んでくる恐怖で、おちおち歌っていることができなくなるのではないか。

「まさか……」

「だけど、ショーの会場で撃ったのは何か意味があったんじゃないかしら。撃つだけならほかの場所のほうがよかったはずよ。昨夜はうまく逃げたようだけど、フライロフトに足場を用意したでしょう。会館の舞台装置をよく知ってたという手がかりをのこしたんじゃない？」

「それはそうだけど……」

「それに、社長が花束を贈呈することを知ってた。これだって有力な手がかりになるんじゃないかな」

「だけど、藤代まゆみがほんとの狙いで、その第一幕として社長を撃ったとすると、ふたりを恨んでるってことになる。ふたりを恨んでるとしたら、ホテル瑞祥の山浦社長だよ」

夕規子は眉をひそめた。

「そうよね」

智早は夕規子をみつめた。

そうなるはずであった。山浦社長は楠田たちにホテル瑞祥を食べられた。

そのためだけではないがホテル瑞祥は倒産した。

山浦とまゆみの仲はどうだったのだろうか。

まゆみを売りだすのに大金をつかい、スターになったとたんに手のひらを返すように冷たくなったとしたら、山浦は恨んでも不思議はない。

ホテル瑞祥をうしなった山浦は、自棄《やけ》になって犯行を計画したのか。

智早は山浦を思いうかべた。

智早が知っている山浦は、超豪華ホテルの社長で飛ぶ鳥を落とす勢いだったころだ。五年ちょっとまえだから四十になったばかりの〝青年実業家〟であった。

そういえば山浦はアーチェリーの名手だった。

オリンピックに出場するところまではいかなかったが、国体には毎年出場した。ホテル瑞祥に競技場をつくったのも、自分の練習のためであった。

その山浦ならフライロフトから楠田を狙い、一発で命中させても不思議はない。

智早はそう考え、

「夕規子、さっきの刑事さんに、そのことをどうして話さなかったの？」

夕規子の顔をのぞき込んだ。

「話さなくたって、警察がホテル瑞祥へ行けば、すぐわかることじゃない。余計なことを話してかかわり合いになるのはいやだもん」

夕規子は当然でしょうという顔でいった。

「そうね」

智早はうなずいた。

そのとおりにはちがいないが、草壁に話さなかったのはそれだけの理由だろうか。

夕規子はもっとくわしい事情を知っているのではないか。

〝手のりサイズ〟のふるさとスター。

からだは小柄だが、ワンコインシンガーの世界の裏は智早よりはるかにくわしい。

夕規子は何かを知っているのではないか。

智早はそんな疑問を感じているが、それ以上詮索することはできなかった。

それがよくなかったのだろうか。

第二の事件が起きたのは、智早が東京に帰って一週間と経たない日であった。

第2章　甲府・デビューを夢みる歌手

1

午後、智早は高山をあとにした。

高山駅で夕規子と別れ、《ワイドビューひだ》の座席に身をゆだねたときは、事件の興奮が尾を引いていたが、それもいつとなく静まり、名古屋で新幹線に乗り換えたころ、空騒ぎをしたあとのような索漠とした気持ちが、智早をとらえていた。

楠田の事件に立ち会うために高山へ行ったようなもので、肝心のデビューの話はひと言もしないまま、終わってしまった。

もともと期待して行ったわけではないが、楠田はどこまで本気で考えていたのだろうか。

というより、五年もすぎたいまごろになって、どうしてデビューを持ちかけてきたのか。

智早は二十七歳。

歌謡曲の世界の常識からいけば、すでにトウのたった年齢であった。

五年まえにデビューの話があったし、そのチャンスを藤代まゆみに奪われたのは事実だが、そのことに楠田が義理を持ちつづけていたとは思えない。

夕規子はこころあたりがないといったが、楠田はスポンサーをみつけ、智早をだしにして、もう一度美味しい目をみようとしたのか。

もし、そうだとして、昨夜の事件がなかったとしたら、智早はいまごろ、スポンサーに紹介されていたかもしれない。

それは愉快な想像ではなかったが、デビューというのには多かれすくなかれ、そうした思惑がつきまとうものだ。

汚れることを避けていたら、いつまでもワンコインシンガーをつづけるしかないし、それはそれで生活の垢に汚れていくだけでしかない。

楠田の思惑がどうだったにしろ、ワンコインシンガーから抜けだすチャンスだったかもしれない。

楠田の家を訪ね、お線香の一本も手向け、それとなく妻の瑠璃子に聞くぐらいのことをしてもよかったのではないか。

あっさりと高山をあとにしたのは、欲がなさすぎたかもしれない。

そんな気持ちがしないでもなかった。

列車が静岡を通過するころ、日が暮れた。

東へ向かう新幹線は夜に突入して行くようなもので、あっという間に闇に変わった車窓へ目をながし、

〈運をつかみ損ねた女〉

智早は自嘲的につぶやいた。

それでなくても、旅先から東京へもどってくるときは、いつも気が重い。

くつろげる家庭があるわけでも、変化に富んだ毎日が待っているわけでもない。

東京に待っているのは、乏しい預金通帳をにらみながら、どうすればお金をつかわずに済むのか、頭を悩ます明け暮れであった。

稼ぎはスズメの涙ほどのワンコインシンガーでも、経費はいっぱしにでていく。

おおきいのは楽譜代であった。

健康ランドや居酒屋などで歌うときはインストルメンタルCDだが、クラブなんかだと少人数のバンドの演奏で、そのためにアレンジした楽譜が必要なのだ。

アレンジ料金は一曲五万円。

元バンドマンの写譜屋にたのむ。写譜屋も注文がこないと食べていけないから、三万円くらいに値下げしてくれるが、智早の声域と声のイメージに合ったアレンジをし

てもらうとなると、やはりセンスが必要で、安ければいいというものではなかった。

古着屋で買う衣裳代も馬鹿にならなかった。

ドレスや振袖は二束三文で買えるが、もともとがステージ用ではない着物を、華やかにみせるために帯や帯締に金がかかる。

智早は背がたかく、舞台映えする質《たち》だから、衣裳が華やかでないと、さまにならなかった。

といって、派手すぎると白昼の光で歌う健康ランドのステージでは、チンドン屋さんのようになってしまうし、華やかさの加減がむずかしかった。

さらに、歌のレッスンという難題があった。

レッスンを受けないと、歌のうまい素人の域でとまって、売り物になる歌にならないし、受ければ受けたで先生の能力の範囲内に閉じ込められていく。

智早の個性が削られ、一万円のギャラ相応の歌手に出来あがっていくような気がするのだ。

では、個性があるのか。

自分ではあるつもりでいるが、個性で勝負するほどの自信はない。

ワンコインシンガーとしての生き方には馴れたが、そこをどう突き抜けるかとなると、智早には見当もつかない。

楠田が殺されて、最後の望みが消えたのではないか。

楠田はあれでもデビューのノウハウを持っていた。

たったひとりだが、藤代まゆみをデビューさせた実績があるのだ。

その楠田が呼びかけてきたのは、何か成算があったのではないか。『奥飛騨悲歌』のときにつづいて、今度もチャンスを逃がした。もう、これで三度目のチャンスはこないのではないか。

そんな絶望感が智早の胸を捉えていた。

〈運を逃した女〉

運を逃がすとお天気まで冷たくなるのか、東京は空っ風が吹き荒れていた。

それでも、わるいことばかりではないらしい。

総武線の錦糸町《きんしちよう》から歩いて十二分のマンションに帰り着くと、ファックスがとどいていた。

甲府市の健康ランド『珊瑚礁』への出演依頼であった。

珊瑚礁は去年の秋、出演したことがある。

甲府の市内、湯村《ゆむら》温泉にあり、以前は旅館だったが日帰り客中心に経営方針を変えて成功した。

『珊瑚礁』というネーミングは安っぽいし、建物の造りもけばけばしくて、乗り込んだときは抵抗を感じたが、ステージは歌いやすかった。

　ワンコインシンガーにしろショーで客を呼ぶのだという経営者の心意気が、大広間の照明やマイクの調整にあらわれていたし、何よりも専属の司会者がいて、智早の気分をのせてくれた。

　このまえ出演したのが十月で、三か月と経たないのに呼んでくれたのは、好評だったからだろうか。

　ショーを大切にしている『珊瑚礁』だけに、認められたように嬉しい。

　そう思ってみると、『珊瑚礁』という安っぽい名前も、けばけばしい造りも、利用客の心理を考えての深謀遠慮かもしれない。

『珊瑚礁』なんだからハワイアンバンドのほうが似合いそうなのに、ショーは演歌と決めていて、それも経営者の戦略であった。

　健康ランドの利用者は甲府市近郊のおジイちゃんやおバアちゃんなのだ。

　南国ムードのネーミングとけばけばしい造りで、健康ランドだとアッピールして、なかにはいればおジイちゃん、おバアちゃん好み。

　温泉につかってのんびりと骨やすめをし、耳になじんだ演歌のショーを楽しむ。おジイちゃんやおバアちゃんにとって、『珊瑚礁』は一日だけの夢の楽園なのだろうし、ショーを観ているあいだだけは、無名の西脇智早が、藤あや子や香西かおり以上に貴重な存在なのかもしれない。

その期待にこたえよう。

智早は運をつかみ損ねたショックから解放されることができた。

2

『珊瑚礁』のステージは、まえにきたときと同様に気分よく歌えた。

土曜日のせいもあって、ひろい大広間は満員の客で埋まっていたし、専属の司会者がむかし歌謡漫談をしていた芸人さんで、照明や音響に気をつかってくれたのと、自分の芸で前座を勤めてくれたからであった。

健康ランドの宴会場も正規の劇場もおなじことだが、客が歌を聞く気になってくれなければショーにならない。

まして、スターならともかく、西脇智早は無名の歌い手なのだ。智早をみにきたひとなど、ひとりもいないのだから、歌にはいるまえに客の気持ちを引きつけなければならない。

いつもはトークで客の気持ちをほぐし、ときには漫談のようなジョークを連発して、客のこころをつかむのに苦労するのだが、そういうお膳立てを司会者がととのえてくれた。

智早は歌うことに専念すればよかったし、歌の合間にはさむトークも、なんでもない話題なのに、お客は笑いくずれてくれた。

事件が起きたのは翌日の昼の部のショーが終わって、自分の部屋にもどり、何気なくテレビをつけたときであった。

たまたまニュースの時間で、アナウンサーが、

「高山市国府町の十三墓峠《じゅうさんぼとうげ》付近で、若い女性がボウガンと思われる矢で、首を射ぬかれて殺される事件がありました」

と、報じたのだ。

ボウガンというのが智早の耳を刺し、画面に目が釘づけになると、ヘリコプターからの映像に変わった。

一面の雪におおわれた山が映りでた。

九十九折り《つづら》の道だけが除雪されていて、その道路に赤い軽自動車が一台と、すこし離れて警察のものらしい車が数珠つなぎにとまっていた。

「被害にあったのは高山市に住む歌手の八巻夕規子さん、二十七歳で、昨夜、奥飛騨温泉郷のホテル山水荘のショーに出演した帰り、何者かに撃たれたものとみられます」

智早は平手打ちをくらったように呆然とテレビをみつめた。

映像は夕規子の赤い軽自動車のすぐ横で、青いビニールシートをひろげて、現場検証をおこなっている捜査員たちを映したあと、アナウンサーに変わり、

「高山市では今月の五日に、文化会館のショーの最中、似たようなボウガンを使った殺人事件があり、警察は同一犯人の仕業ではないかとみて、捜査しています」

と、告げると、次のニュースへ移っていった。

智早はテレビに飛びついて、チャンネルをまわした。ほかの局でもっとくわしく報道しているのではないかと思ったのだが、競馬の中継やバスケットボール、古い映画やドラマばかりで、ニュースを報道している局はひとつもなかった。

夕規子が殺された。それもボウガンで。

智早の頭のなかは真っ白になっていた。

胸が軋むようにキューンと鳴っているが、どうすればくわしいことがわかるのか、自分は何をしたらよいのか、気持ちが焦るばかりで、思考力というものが消えてしまっていた。

もっとも、頭が真っ白になっていた時間は、自分で思うほどながくなかった。

東山芸能に聞けばわかるのではないか。ニュースは奥飛驒温泉郷のホテルに出演した帰りだといった。

社長の楠田はあんなことになったが、妻の瑠璃子が東山芸能を運営しているはずだ

し、同一犯人なのだから警察は東山芸能へ事情を聞きにいったのにちがいない。

智早はそう考えると、ハンドバッグをつかんで携帯電話を取りだすと、夢中で東山芸能の電話番号をプッシュした。

発信音が五、六回鳴って、

「東山芸能でございますが……」

瑠璃子の声がこたえた。

「わたし、以前、お世話になっていた西脇智早ですが、たったいま、テレビのニュースをみておどろいたんです。夕規子が殺されたって……」

智早がおろおろしながら、そう告げると、

「ああ、西脇さん……。わたしも何がなんだか、わからないんだけど、お昼すこしまえに警察のひとがきて、夕規子の実家の住所を聞いていった……」

瑠璃子は持ち前のやわらかな口調でいった。

「夕規子、どうして殺されたんですか」

「わからないのよ。警察の話では、昨夜、奥飛驒温泉郷の山水荘のショーの帰りを狙われたらしいっていうんだけど、夕規子がどうして狙われたのか、全然わからない。西脇さん、何か聞いてらした？」

瑠璃子は逆にたずねた。

「いいえ……」

「楠田を撃ったのとおなじボウガンだから、事件のことを何か知ってたんじゃないかって、警察のひとに聞かれたわ。この電話、どこからかけてらっしゃるの？」

「山梨県の甲府です。珊瑚礁って健康ランドのショーにきてるんですが……」

「楠田を撃った犯人は三十歳前後の痩せた男で、文化会館の舞台装置をよく知ってたっていうでしょう。そのため、東山芸能に関係したタレントじゃないかって、根ほり葉ほり聞かれたんだけど、その矢先に今度は夕規子じゃない。夕規子がその男を知ってたんじゃないかって、警察は疑ってるみたい……」

「そんなこと、絶対にありません……」

智早は首を横に振った。

夕規子が犯人を知っているなんてことなどあるわけがない。そうは思うが、智早の脳裏に楠田がいいのこした「ホテル瑞祥」という言葉がうかんでいる。

楠田がいいのこした「ホテル瑞祥」が何を意味しているのか、夕規子はいくつかの要件を智早に話した。

藤代まゆみをデビューさせたとき、ホテル瑞祥の山浦社長に資金的なバックアップをさせ、楠田はそのなかから何割かを着服した。そのためだというわけではないが、ホテル瑞祥は倒産し、いまは暴力団系の大日向という男がホテルを経営している。

夕規子はそう話したが、県警本部の草壁が訪ねてきたとき、その話をしなかった。そのことが智早の胸に重く引っかかっている。

「それで、夕規子の遺体はいま、どこにあるんですか」

智早は胸のなかの雲を振りはらうようにたずね、

「岐阜市の病院で解剖されるんじゃないかしら。楠田もそうだったから……」

瑠璃子はそういい、

「解剖が終わり次第、遺体は遺族に引きわたされるけど、夕規子の実家は岐阜市だから、そちらでお葬式をするんだと思う。実家をご存じ？」

と、たずねた。

「知ってます」

智早はうなずいた。

夕規子の実家は岐阜市をながれる長良川《ながらがわ》の北側のごみごみした一画にあった。

日光町という一度聞いたら忘れることのない町名で、長良川にかかった橋の名は忠節《ちゅうせつ》橋。岐阜駅のほうから橋をわたると、廃線となった名鉄揖斐《いび》線の始発駅の忠節で、実家はその駅の裏にあった。

「じゃあ、実家と連絡を取って、お葬式に行ってあげなさいよ」

「はい……」

智早はうなずいて電話を切った。

警察はホテル瑞祥や藤代まゆみのことを聞いていったのか。楠田は倒産したあとのホテル瑞祥とかかわっていたのか。

聞きたいことはいくつもあったが、瑠璃子にはたずねにくいことだったし、何よりも夕規子が警察に話さなかったことが気になっていた。

まさか、犯人を知っていたとは思わないが、何かに気づいていたのではないか。

そのことを犯人がどうして知ったのかはわからないが、犯人にとって夕規子は危険な人物で、そのために殺された。そうとしか思えなかった。

3

遺体の解剖というのが、どのくらい時間がかかるのかわからないが、今日中には終わって実家に引き取られるにちがいない。

すると、明日がお通夜で明後日が葬儀の段取りになる。

珊瑚礁のショーは明後日までだから、芸能事務所にたのんで代役を立ててもらわないことには身動きがとれない。

智早はそう考えて東京の八千代芸能に電話を入れた。

社長に代わってもらい、わけを話したとたん、

「それはだめだよ。芸人はむかしからステージを勤めてるときは、親の死に目にもあえないと相場が決まってるんだ。ともだちの葬式で穴をあけるなんてことはできない」

社長の雷が落ちた。

話のわからない社長ではないのだが、芸人の心得のような事柄になると妙に頑固なところがあり、取りつくしまもなかった。

「それはわかってるんですが、普通のともだちじゃないんです」

「普通であろうと特殊であろうと、おまえは珊瑚礁さんと十二日まで契約した身だ。契約を履行したあと、お悔やみに駆けつければよろしい。ステージを放棄することは許されないよ」

社長は凛とした口調でいい、

「珊瑚礁さんは来年が創立五周年で、CDの製作を企画中なんだ。おまえを抜擢しようという話もでている。余計なことを考えず、ここ一番のつもりで、しっかりとステージを勤めなさい」

そういうと一方的に電話を切った。

智早は社長の気迫に押し切られたかたちで、受話器を置いた。

CDの製作を企画中？　私が抜擢される？

そんな話ははじめて聞いた。

他人には芸能界のしきたりや心得をうるさく押しつけるが、調子のよさも芸能界特有のもので、嘘とか拵え事とかいうのではなく、千にひとつでも可能性のありそうなことがあると、明日にも実現するかのように並べたてるのがくせであった。

いまはちょっとした居酒屋やすし屋が〝自社ソング〟ならぬ〝自店ソング〟のCDをつくるのがめずらしくない時代であった。

自費出版で〝自分史〟をだすひとが無数にいるのとおなじで、〝自分が歌っている〟CDや、〝自分の店の歌〟をCDにするひとが嘘のように大勢《おおぜい》いる。

作詞、作曲からバンド、歌手までそろえて、三百万円から三百五十万円の費用で、CD千五百枚にポスターまでついてくる。

その手のCDはプライベート版といわれ、どうまちがってもCDショップの店頭にならぶことはなく、記念品として配られるだけで終わるのだが、それでも歌った歌手の身になると、CDをだしたことになるし、健康ランドで売ることだってできる。

ポスターを出演する健康ランドへまえもって発送し、ロビーや大広間に貼ってもらえば、〝プロ〟の証にもなる。

珊瑚礁の社長がもうすこし気張って、プライベート版ではなくゼンパツ（全国発売）版でだしてくれれば、有線放送にたのんだり、キャンペーンを打ったり、第二の藤代まゆみになるチャンスが生まれるかもしれない。

智早はそう思うことにして、自分の部屋へもどると、夕規子の両親へお悔やみの手紙を書いた。

仕事のためにお葬式に参列できませんが、終わりしだいお線香をあげにまいります。こころをこめて書いた手紙に香典を添えて、ちかくの郵便局から現金書留でだした。

それにしても、夕規子はなぜ殺されたのだろうか。

夕規子が何かを知っていたとしたら、それはなんだったのか。

警察はこの事件をどう捜査するのか。

同一犯人だから、楠田がのこした「ホテル瑞祥」という謎めいた言葉は、犯人を割り出すキーワードになるはずだが、警察はホテル瑞祥の誰を事情聴取したのか。

ホテル瑞祥を倒産させた山浦社長と、それを引き継いだ暴力団系の人物。楠田はそのどちらのことを告げようとしたのか。

警察は藤代まゆみがデビューした裏の事情を知っているのか。それを知らないとしたら、楠田がいいのこした「ホテル瑞祥」はキーワードの役をなさないのではないか。

いくつもの疑問が頭のなかで明滅した。

ニュースをみて、いますぐにでも駆けつけたいと思った気持ちは落ち着いていた。

智早が駆けつけるのは弔いのためではない。

誰が夕規子を殺したのか。それを解く鍵を警察が持っていると思えなかったからだ。

智早は持っているのか。

持っているとはいえないが、智早の耳にはいまも楠田がいいのこした「ホテル瑞祥」がこびりついている。

あの「ホテル瑞祥」は、「藤代まゆみ」といい換えてもよかったのではないか。

それは見当はずれな憶測かもしれないが、藤代まゆみがスターになった裏の事情ぬきで、「ホテル瑞祥」をどうひねくりまわしても、この事件のほんとうの原因はわからないのではないか。

まゆみはホテル瑞祥の山浦社長のバックアップでデビューし、スターの階段を駆けのぼって行った。

そこまではよくある話だが、まゆみはいまをときめく大スターで、バックアップした山浦は倒産した。

まゆみと山浦の関係はいつ切れたのか。そのことに楠田はどうかかわっていたのか。まったく縁が切れていたとしたら、楠田が花束を贈呈することになったのは、どうしてなのか。

夕規子は藤代まゆみのことを、びんぼうかずらといった。

まゆみがデビューしたとき、週刊誌は根も葉もないスキャンダルを書き立て〝魔性の女〟だと囃したてた。

あれは楠田が手をまわして話題づくりのために書かせたらしいが、男好きのする顔だちで、こぼれるような色気をたたえたまゆみは、そのこころの奥に〝魔性の女〟の本性を秘めているのではないか。

だから、根も葉もないスキャンダルが真実味をもって書かれたし、読まれたのではないか。

警察はそうしたことを、どこまで考慮に入れて捜査するのだろうか。

智早は捜査にあたっている草壁を思いうかべた。

今夜にも草壁に電話をするつもりだが、草壁はどこまで真に受けてくれるだろうか。

三年ちかく草壁の家に下宿していたから、人柄はよく知っている。

草壁は飛騨人特有の朴訥で実直な人柄であった。

粘りづよく捜査していくことで定評があるが、芸能界の裏の事情を飲み込んで、先へさきへと推理をひろげていくタイプの刑事ではなかった。

この事件は草壁の手では解けないのではないか。

そう決めてしまうのは申しわけないが、智早にはそうとしか考えられなかった。

4

四日間、八ステージのショーのラストは、ウィークデーだというのに大入り満員であった。

専属の司会者のダン・坂田が、

「今夜の客はあんたの歌を聞きにきた客だよ。昨日までの三日間にきた客が、名残りを惜しんでもう一度聞きにきたんだ」

幕袖から大広間をのぞき、あのおジイちゃんは一昨日きていた、あっちのおバアちゃんは昨日の昼の部にきていたと指を差した。

たしかにみおぼえのある顔が多かった。

坂田は大広間のいちばん後ろを指さし、

「あそこにチェックのジャケットを着た男がいるね。あたしゃ、さっきから気になってるんだが、あれはただ者じゃないよ。ソニー・ミュージックかＥＭＩミュージック・ジャパン、大手の、それも古臭い演歌じゃなくて、あたらしい個性的な歌手を掘りだそうって、意欲をもったレーベル会社のスカウトだよ」

智早へ目を返した。

その目がスターをみる目に変わっていた。

「まさか……」

智早は顔のまえで手を振った。

「いや、まちがいないよ。あたしゃ、これでも四十年も芸能界で飯を食ってる。その筋の人間はひと目みただけでわかるんだ。ああいうタイプのプロデューサーはコロムビアやキングにはいないね。アメリカのミュージック・ビジネスの洗礼を受けたニュー・プロデューサーが、秘かに西脇智早に目をつけた。あんた、世界のチハヤ・ニシワーキになるよ」

坂田は羨望のこもった目でみつめ、

「さあ、張り切っていきましょう」

どやすように肩をたたいた。

智早は幕の隙間からチェックのジャケットをみつめた。

畳敷きの大広間にすわっているが、ちかくのおジイちゃんやおバアちゃんから首ひとつ抜きでていた。

大柄でがっしりしたからだつきにチェックのジャケットがよく似合っていた。

年齢は四十代半ば。健康ランドの客でないことは明らかだが、普通のサラリーマンとも思えなかった。

外資系の会社のエグゼクティブといわれる幹部社員なら、ああいうタイプがいるかもしれない。

坂田がいうように〝世界の西脇智早〟になるなんてことは夢のまた夢だが、こうして幕袖からみているだけでも、チェックのジャケットの肩のあたりにオーラが射している。

「いきますよ」

坂田はそう声をかけて、開幕のベルを押した。

いつものように、司会を兼ねた歌謡漫談。

そして、智早の出番になると、満場のおジイちゃんやおバアちゃんが万雷の拍手で迎えてくれた。

一曲めを歌うとき、チェックのジャケットが気になったが、二曲め三曲めとなると、おジイちゃんやおバアちゃんの熱気が智早をつつみ、酔ったように歌った。

チェックのジャケットが何者なのか、考える余裕もないほどだった。

ワンコインシンガーであることさえ忘れて歌に没頭した。

客席とステージがひとつになり、智早の一挙手一投足でお客が笑い、ざわめき、溜息を洩らす。

それが智早をさらに酔わせ、憑かれたように歌いまくった。

それでも、頃合いをみはからって客席へ降りて行くことだけは忘れなかった。

それを待っていたように、おジイちゃんが割り箸の先に千円札をはさんで差しだした。

誰がはじめたのか知らないが、健康ランドのおひねりは、割り箸にはさんでだすのが習慣になっていて、会釈を返して受けとる。あとはもう〝おひねり〟を差しだされる一方で、もらっては袂にねじ込むのが精一杯で、会釈を返すこともできない状態がつづき、ラストを智早の持ち歌になったかも知れない『奥飛騨悲歌』で締め括り、ステージの横の控室にさがって、椅子に腰をおろすのと同時に、全身からどっと汗が噴きだし、同時にじわーっと疲れがひろがってきた。

袂につまっているおひねりを取りだすのも億劫な気分で、息をととのえていると、智早のまえが暗くなった。

顔をあげるとチェックのジャケットが立っていた。

チェックのジャケットは、

「お疲れのところを恐縮ですが、ちょっと話を聞かせていただきたいのだが……」

と、名刺を差しだした。

智早は受けとり、目を落とした。

警察庁広域捜査室
警部　宮之原昌幸《みやのはらまさゆき》

それだけが印刷されていた。

「警察！」

智早は息を飲んだ。

ジャケットの下は薄いブルーの地に、ベージュ色の縞柄のワイシャツで、ネクタイの趣味もいい。かすかにオーデコロンの香りまでただよわせていた。

どうみても刑事には思えないが、外資系のレーベル会社でも、ミュージック・ビジネスのニュー・プロデューサーでもなかった。

「そうです。岐阜県警の草壁さんから聞いて訪ねてきました。高山で起きた連続殺人事件についてうかがいたいんです」

チェックのジャケットは、そよぐような微笑をうかべながらいった。

ダン・坂田が呆気にとられた顔で、智早と宮之原へ交互に目をやっている。

坂田にしてみれば、高山で起きた連続殺人事件というのが何なのかも、なぜ智早が事情聴取されるのかもわからなかったにちがいない。

それに、〝世界の西脇智早〟の夢が消えたとなると、おひねりの分け前が気になっていることも、想像がつく。

坂田は健康ランドから給料をもらっているはずだが、それをいえば智早もギャラをもらっているわけで、おひねりはいわば不労所得。三割程度は坂田に提供するのがこの世界の習慣であった。

「すみませんが、十分ほど待っていただけます？」

智早は宮之原にいった。

新宿行きの最終は二十一時八分だから、今夜は健康ランドでもう一泊することになっている。

事情聴取は何時間かかってもかまわないが、そのまえに坂田への義理を済ませておきたいし、このキンキラキンの衣裳では、ロビーで話すこともできない。

宮之原は智早の胸のうちを察しとったようだ。

「十分でなくてもかまいませんよ。ロビーで待ってます。あなたの時間さえいいのなら、温泉で汗をながしていらっしゃい」

と、いって控室をでて行った。

智早はおおよその目分量で、三万円を坂田にわたし、部屋へもどった。

胸が動悸をうっている。

チェックのジャケットが警察庁の刑事。

ダン・坂田がミュージック・ビジネスのニュー・プロデューサーだと思ったのも無理はない。

警察庁というのが警視庁とどうちがうのか、岐阜県警とどういう関係なのか知らないが、警察の匂いがまったくしなかった。

智早が受けた感じから行くと、００７が突然目のまえにあらわれたようで、あの警部なら草壁とはちがって、芸能界の裏の事情も飲み込んだうえで「ホテル瑞祥」の謎を解いてくれるのではないか。

そんな期待が智早の胸を熱くさせていた。

5

智早はいそいで化粧を落とし、着替えをしてロビーへ行った。

宮之原はロビーの隅のソファーで待っていた。

「お待たせしました……」

智早が向かい合ったソファーに腰をおろすと、

「おおよそのことは草壁さんから聞いています。で、すこし角度を変えたことをうかがいたいのですが、楠田社長が殺されたとき、あなたは高山市の文化会館にいましたね。高山へ行かれたのは何か理由があったんですか」

　宮之原はそうたずねた。

「それは、楠田社長からデビューのお話があったんです。CDをだして正式にデビューするって意味ですけど……」

「正式のデビュー?」

　宮之原は意外そうな顔になった。

　その話は草壁にしていなかった。

　かくしたわけではない。聞かれもしないのに、智早のほうから話すのは愚かさを告白するようで気が引けたからだ。

「ええ。わたしも夕規子もプロのような顔をしてステージに立ってますけど、自分の持ち歌を一曲も持ってないんです。自分の歌をCDで発売して世に問うというか、そんなお話があって、高山へ行ったんですが、着いた途端に、あんな事件があって……」

「ほう……」

　宮之原はロビーをみまわした。

　壁には何人もの歌手たちのポスターが、賑やかに貼られていた。智早の知らない名前もまじっているが、宮之原はおそらくひとりとして、みたことも聞いたこともないだろう。

智早は先まわりするようにいった。

「あのひとたちはみんな、わたしとおなじようなものなんです」

「しかし、ポスターはちゃんと印刷されてますね」

「それはこういうことなんです」

ＣＤには自費出版のようなプライベート版と全国発売版とがあり、ロビーに貼りだされているポスターはプライベート版のものだと、智早は説明した。

「なるほど……」

宮之原はうなずき、

「すると、楠田社長があなたにいってきたデビューというのは、全国発売のほうの話ですか」

と、たずね返した。

「もちろん、そのはずですが、それだけじゃなかったと思うんです」

「と、いうと？」

「警部さん、藤代まゆみをご存じですか」

「知ってますよ」

「藤代まゆみをデビューさせたのは楠田社長なんです。つまり、ただＣＤをだすだけじゃなくて、歌手を売りだすノウハウを持ってたと思うんです」

「そんなノウハウってのがあるんですか」

「あるんじゃないですか。まず、テレビに出演しなきゃ始まらない。NHKでいくとしたらオーディションを受けて合格しなきゃなりませんし、そうじゃないとしたら、演歌の番組って、いまはテレビ東京の『演歌の花道』新春スペシャルぐらいしかありませんから、まずは『演歌の花道』にでて注目をあつめ、有線放送でながしてもらい、カラオケで歌われるようにするとか……」

「楠田社長はそういうコネを持っていたのですか」

「コネはもちろんですが、結局のところ、お金なんじゃないでしょうか。そのお金を有効につかうのがノウハウなんですが……。例えば全国カラオケ指導協会というのがあるんです」

「聞いたような気がします。要するにカラオケの先生の協会ですね」

「ええ。その先生のことを、協会では指導員といってるんですが、全国に一万人いるそうなんです」

「一万人？」

宮之原は目をみはった。

カラオケの先生がいることは知っていたが、一万人もいるとは思わなかったようだ。

智早はつづけた。

「はやい話、そのカラオケ指導協会の幹部に話をつけることができれば、一万人の先生にPRしてもらうことができますでしょう」

「それはすごいですね。ひとりの先生が十人にPRしてくれると十万枚のCDが売れる。そのひとたちが有線放送に五回申し込んでくれると、五十万回、その歌がながれる理屈ですね」

「ええ。そのせいかどうかわかりませんが、こんな話を錦糸町のスナックで聞いたことがあるんです。ある日、藤代まゆみの『奥飛騨悲歌』があるかというお客さんがいたと思ったら、その日以来、くるお客くるお客、『奥飛騨悲歌』をリクエストし始めたって……。藤代まゆみの名前も知らなかったけど、もうそのときには三十万枚もCDが売れていて、翌月になると通信カラオケのリストにも載るようになったって……」

「なるほど。いまは社会現象にならないと、ひとにおぼえてもらえない時代ですね。日逆にいうと社会現象にしてしまえば、ひとりのスターを誕生させることができる。日本全体とか世界とかとなると、そう簡単にはいかないが、五十万人か百万人の同好者のなかでのブレイクなんだから、ツボさえ心得ていれば、それほど難しいわけじゃない。楠田社長はそのノウハウを持っていた。そう考えていいんですね」

「ええ……」

智早はうなずいた。

「すると、問題はブレイクさせる資金ですね。何千万円ですむのか億単位の金が必要なのか、わたしには想像がつかないが、楠田社長はそれをどこで調達する予定だったんです?」

「それ、聞いてないんです」

智早は首を横に振った。

理詰めに考えると、テレビに出演するのも、カラオケでヒットさせるのも、煎じつめると金なのかもしれない。

智早はそこまで考えなかったが、夕規子はそう考えたようだ。

藤代まゆみをデビューさせたとき、ホテル瑞祥の山浦社長を食べたが、今度は誰を食べるつもりだったのか、そう反射的に考えたといった。

たぶん、それが常識なのだと思う。

「藤代まゆみをデビューさせたときは、ホテル瑞祥が資金をだしたのでしたね」

宮之原はいった。

「はい……」

「そのホテル瑞祥は倒産して、いま現在、経営権をにぎっているのは大日向晃という人物です。この人物のことはご存じですか」

「いいえ。夕規子から暴力団系だと聞きましたけど、それ以外は……」

智早は再び首を横に振った。

宮之原はちょっと考え、

「草壁さんがホテル瑞祥の山浦さんに会ったのですが、山浦さんは楠田社長が撃たれたとき、文化会館の楽屋にいたというんです。それだけじゃない。藤代まゆみがデビューしたときの事情も、もうすこし込み入ってるようです」

と、いった。

「どういうふうにですか」

智早は息をつめて宮之原をみつめた。

「それが、わたしにもよく飲み込めない。山浦さんに会って直接、話を聞こうと思うんですが、あなた、一緒に行ってくれませんか」

「いつですか」

智早はたずね返した。

「明日、八巻夕規子さんが最後に出演した奥飛騨温泉郷のホテル山水荘に寄って、二、三確認したあと、山浦さんに会うつもりです。どうです?」

「わたしはかまいませんけど……」

願ってもない話であった。

それでなくても、岐阜市の夕規子の実家へお線香をあげに行くつもりでいた。

宮之原に同行して山浦の話を聞くことができれば、夕規子がなぜ殺されたのか、得体の知れない事件に一歩踏み込むことができるかもしれない。

智早のほうから頼んででも同行させてほしい。

そう思った智早へ宮之原がいった。

「じゃあ、こうしませんか。わたしは甲府駅のちかくのロイヤルホテルに宿をとってるんだが、もうひと部屋用意させます。あなたも今夜はロイヤルホテルに泊まって、そこから奥飛騨温泉郷へ向かいましょう。そんなことはないと思いますが、あなたに万一のことがあると、捜査ができなくなってしまう」

「でも、ホテル代が……」

「それは心配しないでいいです。国家予算から支出しますから……」

宮之原はそういい、にこやかに微笑した。

6

翌朝、宮之原の運転する車で奥飛騨温泉郷へ向かった。

中央自動車道で長野県の松本まで行き、そこからは上高地へつうじる国道をたどった。

数年前、北アルプスを越える安房《あぼう》峠のトンネルが開通し、冬季でも通行が可能になった。

安房トンネルを抜けると平湯《ひらゆ》温泉で、そのまま真っ直ぐに進むと四十キロほどで高山市街。平湯から北へ向かうと福地《ふくじ》、新平湯、栃尾《とちお》、新穂高などの温泉が連なっていて、それらを奥飛騨温泉郷と総称していて、夕規子が出演していた山水荘は、いちばん奥の新穂高温泉にあった。

平湯から新穂高温泉へ向かう国道にはいると、

「ひとつ疑問があるんです」

と、宮之原は助手席の智早へ顔を向けた。

「……………?」

「新穂高温泉から高山へ帰るのに、夕規子さんはこの道をとらず、十三墓峠を越える道をとった。距離的にもすこし遠まわりになるし、十三墓峠はカーブがおおいでしょう。ショーが終わったのは九時ごろだから、平湯経由の道をとるのが普通だと思うんですがね」

「ええ……」

智早はうなずいた。

東山芸能に所属していたころ、新平湯や新穂高のホテルの仕事がよくあった。智早も高山にいたころは、もっぱら自分の車でうごきまわっていたから、この付近の道路はよく知っている。平湯から高山へ真っ直ぐにでる国道は長野県と岐阜県をむすぶ幹線道路で、峠を越える箇所がトンネルになっているため、十三墓峠を経由する道よりはずっと運転が楽であった。

まして、夕規子が事件にあったのは一月九日の夜なのだ。

除雪はされているが、冬の真っ盛りだから路面が凍結する恐れはあるし、何よりも途中に民家が一軒もない地区を通過しなければならない。

夏や秋の観光シーズンの昼間なら、渋滞を避けて十三墓峠越えをとっても不思議ないが、真冬の夜おそくその道をえらぶ理由がなかった。

「夕規子、何時ごろ、事件にあったんですか」

智早はたずねた。

「ショーが終わってホテルをでたのが九時すこしすぎだそうです。十三墓峠までは四十キロぐらいあるから、事件にあったのは、はやくても十時をまわっていたはずです」

「夕規子は車から降りたんですか」

「もちろんです。そうでなきゃボウガンで撃たれるわけがないんだが、ひと気のない峠で車から降りたのも何かわけがありそうですね」

「どうして、車から降りたんです？」

智早は宮之原をみつめた。

十三墓峠のちかくには、民宿とペンションが四、五軒あるだけで、峠を越えて国府町にはいると、五、六キロにわたって民家が一軒もない急なくだり坂がつづく。

夜の十時すぎ。しかも冬の最中。

智早が運転していたとしたら、よほどのことでもないかぎり、降りるのはもちろん、車をとめることもしないと思う。

「それがわからないんです。捜査本部は犯人が通行止めの標識を置いて車を停止させ、それをどかそうとしているところを狙ったのではないかと考えていますが、現場付近にはそれらしいものがなかった。標識を置いたとすると、高山あたりから持って行くしかなかったというんです」

「でも、そんなことができるのは、道路工事かなんかをしてるひとにかぎられてるんじゃないですか」

「あれは金目なものじゃないし、道っぱたに置いてあるんだから、盗むことができるでしょう。ま、しかし、それも夕規子さんが十三墓峠越えのコースをとるとわかってなかったら、盗んでも無意味なわけです。犯人が十三墓峠で待ち伏せしていたのはたしかだから、事前に知っていたか、誘導したのか、どちらかだと思いますね」

「じゃあ、犯人は夕規子と親しい人物なんですか」

智早は息をつめた。

反射的に電話で問い合わせたときの楠田瑠璃子の言葉を思いだしていた。

〈楠田を撃った犯人は三十歳前後の痩せた男で、文化会館の舞台装置をよく知ってたっていうでしょう。そのため、東山芸能に関係したタレントじゃないかって、根ほり葉ほり聞かれたんだけど、その矢先に今度は夕規子じゃない。夕規子がその男を知ってたんじゃないかって、警察は疑ってるみたい……〉

聞いたときは、まさかと思ったが、十三墓峠で待ち伏せできたのは、夕規子と親しくないと不可能であった。

「親しいはずです」

宮之原は断定的にいった。

「すると、夕規子は楠田社長を撃った犯人を知っていた。犯人はそれを察して、夕規子を殺したんですか」

「いや、夕規子さんが犯人を知っていたとは思いません。だが、犯人のほうは知られたと思ったんじゃないかな。それ以外に夕規子さんが殺される理由が考えられますか」

「でも……」

智早は言葉を飲み込んだ。

夕規子が犯人に感づいていたのに、智早に告げなかったというのがショックであった。

夕規子はそんな隠し事をするような女性ではなかった。また、犯人に十三墓峠へ誘導され、うまうまと射殺されるほど、のどかな性格でもない。

〝手のりサイズ〟と自称していたとおり、からだつきは小柄だったが、頭の回転は抜群であった。

犯人が罠をしかけたとしたら、それを逆に利用して、犯人を突きとめたにちがいない。

そう思うのだが、同時に、夕規子が何かを知っていたはずだという疑問も否定できない。

考え込んだ智早を乗せた車は、雪におおわれた山間《やまあい》を抜け、新平湯温泉を通過した。

道路の左右は旅館や民宿、ペンションの看板で埋まっていた。

旧上宝村は東京都二三区全域の四分の三くらいある広大な村だが、人口は四千人ちょっと。所帯数は千百程度しかない。その村に旅館や民宿、ペンションが百四十もある。

そのほとんど全部が、もっとも奥まった地区、平湯から新穂高温泉にかけての奥飛騨温泉郷に集中しているから、この地区のすべての家が観光施設になっているようなものであった。

といって、旅館街というほどではなく、一軒一軒の民宿やペンションはほどほどにケバケバしい装いをこらしていて、ほかの温泉地にはみられない独特な風景をみせていた。

車のフロントガラス越しに新平湯のたたずまいをみながら、宮之原はおなじことを感じたらしい。

「わたしは上宝村に二度きてるんですよ。一度めは学生のころです。そのときはこの辺りを一重ケ根《ひとえがね》といって民宿もペンションも一軒もなかった。悲しいほどにわびしい村でしたが……」

と、いった。

「わたしが高山にいたころは、もうこうなってました。亡くなられた、目の不自由な男性の歌手で竜鉄也って、いましたでしょう。『奥飛騨慕情』をヒットさせた……。あの方がここで流しをなさってたそうですけど……」

『奥飛騨慕情』がヒットしたのは、智早が幼いころであった。

子供が興味をもつ歌ではないから、その歌を知ったのはワンコインシンガーになってからのことだが、この新平湯温泉には『奥飛騨慕情』の歌碑が立っている。

自然石を組み合わせた立派な歌碑であった。

「『奥飛驒慕情』がヒットしたころが演歌の全盛期でしたね。わたしはそのころ、横浜の警察署に勤めていましたが、町をあるいていても喫茶店やパチンコ屋でも、その歌がながれていたものですよ」

話しながら車は蒲田《がまた》川にかかる橋をわたった。

橋をわたると栃尾《とちお》温泉。ここも奥飛驒温泉郷のひとつで、蒲田川沿いに右折し、すこし走ると河原におおきな露天風呂がみえてきた。

公共の露天風呂で荒神《こうじん》の湯といい、このあたりから新穂高温泉にかけての蒲田川は、どこを掘っても温泉が湧きでるのだった。

ことに新穂高温泉はどこの旅館も露天風呂を売り物にしていて、大自然のなかでアルプスを眺めながらはいるワイルドさが魅力のひとつであった。

その荒神の湯へ降りて行く道路脇に、小綺麗なフラワーショップがあった。旅館やペンションが多くなったため、需要があるのだろう。

帰りにここで花を買い、夕規子の霊前に供えよう。

智早はそう考えながら、

「警部さん、演歌がお好きですか」

と、話をつづけた。

「演歌といわれると抵抗がありますが、歌謡曲は好きですね」

「どんな歌です？」

「そうですね。たくさんありますが、『ブルー・ライト・ヨコハマ』とか『雨の御堂筋』、前川清の『そして神戸』……。ちょっと都会的で、情感のある歌がいい。人生はこうだとかいうお説教っぽいのや、恨みがましい歌は好きじゃないな」

「最近の歌では？」

「ここ何年かはないでしょう。石川さゆりの『天城越え』が最後じゃないかな。そのあと、印象にのこる歌がでませんね」

「演歌はもうだめですか」

「だめどころか、死にましたね」

宮之原はにべもなかった。

「わたしもそう思うんですが、演歌でないとわたしたちのような歌手はやっていけないんです」

智早は切ない気分であった。

演歌に未来はないと思っているが、ジャズやポップスを歌うワンコインシンガーは、スキー場や海水浴場などの余興以外、お座敷がかからない。

呼んでもらえないだけでなく、歌ってもおひねりにありつけない。若いひとは一緒になって盛りあげてくれるが、おひねりをだす習慣がなかった。

「演歌はもう死んだが、あなたはブレイクしますよ。夕べ、あなたの歌を聞いてそう感じました」

「わたしは自信がないんですが……」

「歌い手の魅力は煎じつめると声だと思うんです。あなたは声に魅力がある。昨夜、『恋は神代の昔から』を歌いましたね。あれなんか全盛時代の畠山みどりを越えてましたよ」

宮之原はそういい、

「古いところだと松山恵子、若いころの都はるみ、全盛時代の畠山みどり……。いまだと天童よしみですか。パンチの効《き》いた声で歌う歌手が、ひとりはいるものです。天童よしみは若い頃すごかった。もしかすると美空ひばり以上だったかもしれない。ひばりが生きているあいだはでる目がなかったのでしょう。ひばりがいなくなった途端にでてきた。しかし、声で勝負する歌手は寿命がみじかいですね。天童よしみもいずれ衰えてくるでしょう。だからというわけじゃないが、あなたは今年中にはブレイクする。わたしはそう思いながら、昨夜、あなたの歌に聞き惚れてましたよ」

と、つづけた。

「でも……、警部さん、どうしてそんなに歌謡曲の世界にくわしいんです？」

「くわしいわけじゃないが、それくらいのことは、世の中を眺めていれば自然とわかりますよ。いまは藤あや子、香西かおり、長山洋子、藤代まゆみ、みんな歌だけで持ってる歌手じゃないでしょう。わたしなんかには、いまいった歌手がなんという歌をヒットさせたのか、知りません。その歌手たちに共通するのは和服がよく似合って、そこそこの美人だということですね。あなたは和服が似合う、美人という点でも藤あや子や長山洋子以上です。そのうえ、声に魅力があるときてる。ブレイクしないわけがないじゃないですか」

「それ、お世辞じゃないんですか」

智早は背筋を戦慄がはしるのをおぼえた。

「わたしはこころにないことを話せない質《たち》なんです。現にあなたには楠田社長からデビューの声がかかった。かかって当然だとわたしは思う。天童よしみじゃないが、ほんとうに実力のあるひとは、いつか世にでていくもんです。楠田社長は銭金《ぜにかね》抜きで、あなたならいけると判断して声をかけた。そこまではたしかだと思う……。そこから先は勘としかいいようがありませんが、あなたにデビューされると困る人物がいた。それが今度の事件の原因ではないか、そう思っています」

車は短いトンネルを抜けた。

道はゆるやかな登りとなり、しばらくのあいだ旅館やペンションが途切れた。

夕規子が最後のショーをおこなった新穂高温泉の山水荘まであと五キロほど。道路の真っ正面に北アルプスの槍ヶ岳のとがった山頂が雲とたわむれている。

智早にデビューされると困る人物がいるだろうか。

そんな人物のこころあたりがなかった。

もし、いたとすれば、夕規子ではないか。

夕規子は楠田が殺されてよかったかもしれないといった。

智早にデビューされると、夕規子はひとりだけ取りのこされてしまう。

うっすらとそう思うが、その夕規子が殺されたのだ。智早にデビューされると困る人物など、どこにもいそうになかった。

第3章　十三墓峠《じゅうさんぼとうげ》・車から降りた女

1

ふたたび小綺麗なペンションやホテルが目立つようになってくると、そこが新穂高温泉であった。

蒲田川の下流から蒲田《がまた》、佳留萱《かるかや》、槍見、中尾、穂高、新穂高とつづく温泉の総称が奥飛驒温泉郷で、昭和四十五年に西穂高岳の中腹の千石平までロープウェーが開通し、それが一気に奥飛驒温泉郷を変えた。

第一、第二、ふたつのロープウェーを乗り継ぐと、標高一一一七メートルの新穂高温泉から、二一五六メートルのアルプスの中腹に立つことができるのだ。

しかも、蒲田川は湯の川といってよいほど、どこを掘っても温泉が湧きでてくる。

昭和三十五年に二十五軒しかなかった旅館やペンションが、ロープウェーができた四十五年には九十四軒にふえ、いまは百八十四軒。

奥飛騨温泉郷では毎年六月二十六日を六・二六と読んで『露天風呂《ロテンブロ》の日』とさだめ、五つの代表的な露天風呂を無料開放するなど、豊富な湯の恵みをアッピールしている。

ホテル山水荘はロープウェーの駅と蒲田川をはさんで向かい合っていた。八階建ての堂々としたホテルであった。

ホテルの後ろには笠を伏せたような端正な独立峰の笠ヶ岳が、冴えた青空に白銀の山容をうかびあがらせていた。

宮之原は車を駐車場に入れ、ホテルのフロントに名刺を差しだし、

「八巻夕規子さんの事件のことでうかがいました。ショーの係のひとをお願いします」

と、告げた。

ホテルは外からみるとコンクリートの箱だが、ロビーは吹き抜けになっていて、飛騨の民家を思わせる太い梁《はり》が剥きだしになっていた。

「どうぞ、こちらへ……」

フロントの男性はロビーの一画に設けられた和風のラウンジへ案内し、

「ちょっとお待ちください」

と、フロントへもどって行った。

欅《けやき》だろうか、分厚い無垢の板をつかったテーブルをはさんで、ごつい感じの長椅子が置かれ、絣《かすり》の生地でつくった座布団がならんでいた。

宮之原はその椅子にすわり、手にしてきた缶ピースをテーブルの上に置いた。くる途中、ドライブインでひと休みしたとき、車のダッシュボードから取りだした缶ピースをみて、

「それ、外国製ですか」

智早は目をみはった。

茄子紺の地色にオリーブの若芽をくわえたハトのデザイン画が金色で描かれていて、そのパッケージもスマートなら、缶にはいった煙草をみたのは、そのときがはじめてであった。

「これは日本の煙草ですよ」

宮之原は笑いながら蓋をはずし、蓋についている爪を引きだすと、中蓋にかぶせてぐるりとまわした。

とたんに甘い香りが立ちのぼった。

甘いだけではなく、煙草の匂いとミックスした渋さを伴ったいい香りであった。

煙草を吸わない智早でも、思わず引き込まれそうになるいい匂いであった。

「最近は吸うひとがすくなくなって、売れ行きがわるいそうでしてね。これ以上わるくなると、日本たばこ産業は製造を打ち切るらしいんです。だから、わたしはせっせと売上げに協力しているんです」

宮之原はそう苦笑した。

そのドライブインからこの新穂高温泉まで、一時間以上、煙草を吸わなかったため、禁断症状を起こしていたのだろうか。

宮之原はいそいそとした態度で、テーブルの上に置いた缶ピースをあらためて手にとると、蓋を開けて一本をつまみだした。

ドライブインで封を切ったときほどではないが、いい香りが舞いあがった。

テーブルの上にはおおきな有田焼の灰皿が置かれてあった。

宮之原は立てつづけに三本を吸い、四本めに手をのばしたとき、三十二、三歳の女性があらわれ、

「ショーを担当しております駒井《こまい》和子《かずこ》でございますが……」

と、名刺を差しだした。

ホテルのユニフォームを着ていた。ほのかにピンクがかったベージュ色のユニフォームが、色の白いふっくらとした顔によく似合っていた。

「警察庁の宮之原といいます」

宮之原は立ちあがって挨拶を交わし、

「八巻さんは、こちらでショーを何回かやってますか」

椅子に腰をおろしながらたずねた。

「はい。五回ほどおねがいいたしました」

駒井和子がこたえた。

「ご存じのように八巻さんは十三墓峠で事件にあいました。高山からこちらへくるのに十三墓峠まわりの道をとおることがよくあったのですか」

「それ、警察の方に聞かれました。そのときは気づかなかったんですが、あとで思いだしたんです。あの夜は帰りに国府に寄る、そう話してたように思うんですが……」

和子は首をひねりながらこたえた。

国府は高山市の北部に位置する町であった。十三墓峠をくだると国府にでる。その分、遠まわりになるのだが、夕規子が国府に寄るつもりだったと聞いて、智早は反射的に一ノ瀬友也を思いうかべた。

一ノ瀬とは会ったことがないが、国府町で電気屋をしていたと夕規子から聞いた。カラオケ自慢が高じて東山芸能に所属する歌手になり、結果的に芸で身をほろぼす羽目になり、楠田を恨んでいるという話であった。

「国府のどこに寄るといってました？」

「いいえ……」

和子は首を横に振り、

「でも、なんだか興奮してました。両面宿儺《りょうめんすくな》を知ってるかなど、得意そうに話してましたけど……」

と、いった。

「リョウメンスクナ？　それはなんです？」

宮之原がたずねた。

「さあ。むかしの神さまというか、頭のまえと後ろに顔があり、手と足が四本ずつあった怪物のようなひとですが、奈良の都に駆りだされた飛驒の匠《たくみ》をつれもどしたとかで、この地方では英雄のように信仰されていたそうですが……」

「どこの神社に祀られています？」

「さあ。神社は知りませんが、平湯から高山市街にでる途中の丹生川《にゅうがわ》町に、千光寺というお寺があって、そこに円空《えんくう》さんがお彫りになった両面宿儺像があります。ホテルのパンフレットに写真がのってますから……」

和子はそういうと、フロントへ立って行った。

円空は知っている。江戸時代の僧で、生涯に十二万体の仏像を彫ると願をたて、諸国を遍歴しながら彫って彫って彫りまくった。

毎日、一体彫っても一年で三百六十五体。十二万体となると三百二十九年がかかる計算で、毎日十体彫りつづけて、やっとかなうかどうかという大願であった。

円空は晩年を飛驒ですごした。そのため、飛驒の各地には円空の彫った仏像が数多くのこっていて、昭和三十年代に円空ブームが起き、それまで川で泳ぐ子供の浮袋がわりにされていた円空仏が、一寸（三センチ）あたり二万円の値を呼んだ。

いまの二万円ではなく、公務員の初任給が九千円ちょっとだった時代の二万円だから、子供が浮袋にしていた材木が突然、いまの何百万、何千万円に変わったのだ。

飛騨ではそのショックが伝説のように語り継がれ、高山には円空仏のコピーを彫り、みやげ物にしている店まである。

智早の目にはグロテスクに映るのだが、よくみていると特有の謎めいた笑い顔がおおらかで、みている者までつり込まれて、口もとが自然にほころんでしまう。

お寺の仏像は金箔と彩色で化粧されていて、うす暗い本堂のなかでこそありがたみを感じさせるが、白昼の光に晒されるとありがたみが消えてしまう。

ところが、円空の仏像は、コピーとなってみやげもの屋の店先に並んでも、薄気味わるい微笑がいうにいえない親しみを投げかけてくるのであった。

そこへ和子がパンフレットを持ってもどってきた。

ごつごつした岩のような像の写真がプリントされていた。正面の顔はふっくらとした丸顔だったが、その横にもうひとつ顔がのぞいていて、そちらは鬼のような恐い顔をしていた。

千光寺の両面宿儺と説明されていた。

「顔がまえと後ろにふたつ、ついているというのは何か意味があるんですかね」

宮之原は智早へ顔を向けた。

「さあ……」

智早は首をひねった。

夕規子は妙に勘のいいところがあった。

頭の回転がはやくて、話しているうちに自分なりの結論に達してしまうのか、その結論を比喩で表現することが多かった。

山水荘のショーの帰りに国府町に寄る。そのことで興奮していて、両面宿儺といったのなら、夕規子の性格から考えて、国府で会うことになっている人物が、ふたつの顔を持っていると、無言のうちに自分の胸のなかを告げていたのではないか。

ふたつの顔というのは、常識的に考えて、善と悪。

善人のこころと悪人のこころ、ふたつを使いわけている人物。そう考えていいと思うが、それは誰とかぎったわけではない。

二十七歳の智早は使いわけるほど人間が老練していないが、楠田にしろ山浦にしろ、おとなはみんなそのはずであった。

一ノ瀬友也という人物にしても、三十九歳だというから、カラオケ自慢のふるさとスターの一面だけでなく、もうひとつの顔を持っていたかも知れない。

宮之原は話題を変え、

「ここは携帯電話がつかえますか」

と、和子にたずねた。

「はい、つかえます。それまでは新穂高だけは通じなかったんですが……」

「わかりました。お手数をおかけして……」

宮之原はテーブルの上の缶ピースをつかむと、椅子から立ちあがった。

和子がえっという顔で宮之原をみつめ返した。

唐突に質問を打ち切ったように思ったのだろう。

智早にも意外だった。

国府町へ寄るといった、携帯電話がつかえるか。

それだけを聞くためにきたのか、もっと聞くことがあるのではないか。

疑問にかられながら、智早も席を立った。

2

山水荘の玄関をでた智早は、

「あれでいいんですか」

と、宮之原にたずねた。

「ほかに聞くことがありますか」

宮之原がたずね返した。

「そういうわけじゃないですけど……」

「国府町の村山というところに、ホテル瑞祥の山浦さんが住んでいます。このあと訪ねるつもりでしたが、八巻さんは山浦さんの家へ寄るつもりだったんじゃないですかね」

宮之原がいい、

「山浦社長は国府町に住んでるんですか」

智早は息を飲んだ。

「知らなかったんですか」

宮之原は車の鍵を開け、空を仰いだ。

晴れた空を雪が舞っていた。雪というよりは風花《かざはな》であった。真っ青に晴れあがった空を、白いものがちらちらと舞っている。

「知りませんでした」

智早は助手席にすわりながら宮之原をみつめた。

宮之原はダッシュボードを開け、大判の茶封筒を取りだした。茶封筒には岐阜県警、高山警察署といかめしい活字がプリントされていた。

宮之原はエンジンをかけ、封筒から書類を取りだすと、さっと目をとおし、

「まちがいありません。国府町の村山公民館の裏だそうです」

書類をダッシュボードにしまって、車を発進させた。

捜査本部が置かれている高山警察署の封筒だから、草壁からわたされた書類なのだろう。

厚さが一センチぐらいあった。

その書類から察して、宮之原がゼロから捜査しているのでないことは明らかであった。

それなら駒井和子にくどくどとたずねるまでもない。捜査本部が聞きもらしたことを、要点だけ聞けばよいわけで、まして、国府に山浦が住んでいるのなら、そちらのほうがはるかに重要であった。

国府町と聞いて、智早は一ノ瀬友也を連想したが、それは単なる思い過ごしだったようだ。

一ノ瀬は年齢も三十九だし、カラオケ自慢が高じて店をうしなった。夕規子がそんな男のところへ、夜おそく行くわけがない。

夕規子が寄るつもりだったのは山浦のところにちがいない。

智早はそう思い、一ノ瀬のことを話さなかった。

車が栃尾温泉にさしかかったとき、

「この先に花屋さんをみかけましたけど、そこへちょっと寄っていただけません」

智早は宮之原にそういい、くるときにみかけたフラワーショップで、花束を買った。

夕槻子が命をうしなった場所に供えるためであった。

栃尾からは九日の夜、夕槻子が赤い軽自動車をはしらせた国道を西へ向かった。

栃尾をすぎたすこし先、赤い屋根のドライブイン『道の駅』をすぎると村の様相が変わった。

民宿やペンションはおろか、民家もまばらになり、左の車窓には河原のひろい高原《たかはら》川と、その向こうの河岸段丘がつづくさびしい風景になった。

平湯のほうからながれてくるのが高原川で、蒲田川などを合わせ、この川が富山県にはいって神通《じんつう》川と名前を変える。

河原がひろいのは、何十年かに一度、とてつもない洪水を起こすからで、このあたりでは砂防工事に力を入れている。

それはともかく、車窓の風景が延々十数キロにわたって、まったく変わらないのが、ここの特徴であった。

ちいさな集落がいくつかあるが、国道は集落をとおらないようバイパスがつけられているため、風景がなおのこと単調になり、智早は眠くなるのを堪えるのに精一杯であった。

見座《みざ》という集落にかかる手前で、高原川をわたった。ひと度荒れると、谷を飲みつくす奔流になる暴れ川は、嘘のように水量がすくなかった。

あれは、いつだったろうか。

夕規子が、

「日本の川って水がながれないようになってる」

と、智早にいったことがあった。

電力会社が一滴でも逃すまいと汲みあげて、発電所に落とし、その水をそっくりパイプに入れて、次の発電所に落とす。

川は洪水のときだけながれる〝川の予定地〟みたいなもので、水は電力会社のパイプをながれ落ちて行くのだという。

見座で急な坂道をのぼると、そこが村役場のある本郷《ほんごう》で、ひとしきり民家や商店の密集した集落をとおったが、そこを抜けると民家も農家もほとんどない盆地状の高原になった。

本郷から十三墓峠まで約十五キロ。民家がないといってもいいすぎでないほど、荒涼とした台地をはしりつづけた。

ないにひとしい民家がさらにすくなくなり、左右から山が迫ってきたと思うと、除雪した道路脇の雪の量がふえ、左手に上宝高原スキー場がみえた。

名前は立派だが、スキー客の姿はまばらだった。

上宝地区のなかにも平湯温泉スキー場があり、隣の神岡《かみおか》町には飛騨地方最大の流葉《ながれば》スキー場がある。よほどのスキー好きでないと、おいそれと来られるロケーションではなかった。

そのスキー場を通過したころから、智早は重苦しい気持ちにとらわれるようになった。

夕規子が命をうしなった十三墓峠がちかづいてきたからだ。

智早が緊張していることに気づいたのか、

「どうして十三墓峠というのか、知ってますか」

と、宮之原が話しかけた。

「むかし戦があって、峠をくだったところに戦で亡くなった武士のお墓が十三あるからでしょう」

「ええ。戦国時代の終わりごろ、織田信長が本能寺で殺された四か月あとです。江馬《えま》輝盛《てるもり》という武将がここで戦死し、勝った三木自綱《みつきよりつな》が飛騨を統一するんですが、その三年後、豊臣秀吉の部下の金森長近《かなもりながちか》がやってきて、今度は三木氏が滅ぼされてしまうんです」

「じゃあ、江馬氏や三木氏は、勝っても負けても意味のない合戦をしてたんですか」

智早はたずねた。

「まあ、ね」

宮之原はうなずき、

「人間のすることってのは、賽の河原で石を積むようなところがあるじゃないですか。積んではくずし、くずしてはまた積む。得意のとき、すなわち失意の悲しみを生ず……。そう思って十三墓峠に立つと、別の感慨が湧いてきますよ」

と、いった。

別の感慨というのが何を意味しているのか、智早にはわからなかったが、夕規子の死にとらわれることはない、もっとおおきなこころを持とう。

そういってくれているように感じた。

3

十三墓峠には一軒だけ、ぽつんとペンションが建っていた。

そのペンションをすぎると、道はおおきく左へカーブし、展望がひらけた。

智早も宮之原もまえにきたことがあるから、それほどは驚かなかったが、はじめてのひとは息を飲むにちがいない。

眼下に国府町のある宮川の谷をみおろし、その谷をへだてた向こうには、飛騨の山並みが幾重にも折り重なり、視界の果てまでつづいていた。

それは山襞《やまひだ》の国・飛騨にふさわしい雄大な風景であった。

宮之原は峠からくだった二つめのカーブで車をとめた。

雪で半分埋まったガードレールに赤い布切れが巻きつけられていた。

宮之原はダッシュボードから茶封筒を取りだして、車から降りると、茶封筒のなかの書類をひろげた。

「夕規子さんはこういうふうに倒れていました」

そこには発見されたときの夕規子と赤い軽自動車の位置が描かれてあった。

峠からくだってくる道路がヘアピンカーブを描いている。そのヘアピンカーブの先端の位置のガードレールに沿って、夕規子は頭を坂のくだり方向へ向けて倒れ、その十メートルほど先の左側に乗ってきた赤い軽自動車がとまっていた。

智早は夕規子が倒れていた場所へ目をやった。

チョークの跡がかすかにのこっていた。

ガードレールの下の雪が結氷し、泥でよごれていた。泥と雪が混じったまま凍結しているので、茶色っぽい色をしていた。それが、智早には夕規子の血ではないかと思わせた。

その場所に買ってきた花束を置き、智早は両手を合わせた。

谷から吹きあげてくる風が花を揺らした。

それが、夕規子が何かをささやきかけたように思え、智早はグッとくるものを噛んだ。

智早が合掌を終えるのを待って、

「ボウガンの矢は楠田社長を撃ったのとおなじものです。長さが三十二センチ、鉄の棒の先を削って鋭くした『手製』です。だが、服の上から貫通するほどの威力はないそうです。犯人は首を狙って撃った。楠田社長のときとおなじです」

宮之原はそう説明した。

智早は宮之原へ顔を向け、

「でも、車があのあたりにとまってたんでしょう。夕規子、車をとめたあと、ここまでもどってきたんですか」

と、たずねた。

現場の見取り図ではそうなっている。

こんなくだり坂の途中で車をとめたことも不審なら、十メートルほどとはいえ、車から降りてもどってきたのはなぜなのか。

夕規子が殺されたのは、夜の十時すぎなのだ。

はるか眼下に国府の町の灯がみえ隠れしていたにはちがいないが、ここには街灯もない。真っ暗だったはずだ。

夕規子はどうして車から降り、坂になった道を引き返したのか。

「わたしは犯人に呼びだされたと考えたんです。犯人は夕規子さんが山水荘をでる頃合いをみ計らって電話をかけた。上宝から、帰るところだ、一緒に帰ろうと……」

「そんな！　だったら犯人は夕規子のボーイフレンドじゃないですか」

「そう考えたんです。しかし、それはちがってました。犯人は夕規子さんを呼びだすまでもなかった。山水荘をでたあと、ここをとおって国府へ行くことを知っていた」

「それはわかるんです。犯人がここで待ち伏せしていたのもわかります。でも、夕規子、どうして車をとめたり、降りたりしたんです？」

智早はたずね返し、その脳裏に山浦をうかべていた。

山浦ならここで待ち伏せすることができた。夕規子が通過する時刻も推測できた。道をふさぐように自分の車をとめ、夕規子の車をとめさせた。夕規子はクラクションを鳴らした。だが、相手の車は動こうとしない。

車をどかしてくれというために、ドアを開けて自分の車からでた。そこをボウガンで撃った。

山浦はアーチェリーの名手なのだ。夕規子が車から降りさえすれば、確実に射抜くことができた。

宮之原は智早の表情で、考えていることを察したようだ。

「それも考えたんですが、それだと車の横に倒れていたはずです」

見取り図に描かれた車の位置を指さした。

「撃ったあと、遺体をここへ引っ張ってきたんじゃないですか」

「首を絞めて殺したのなら、そうできるでしょうが、夕規子さんは首を矢で射抜かれていたんです。引っ張ってくると、道路に血が滴った。そういう形跡はなかったんです」

「じゃあ、どうして、夕規子、ここへ歩いてきたんです?」

「わかりません」

宮之原は首を横に振り、

「犯人は自分の車で道をふさいだかもしれない。しかし、犯人はこのあたりに立っていた。そうでないと、夕規子さんがここへ歩み寄ってくるわけがありません」

と、いった。

「すると、夕規子、ボウガンを構えている犯人へ向かって歩いてきたんですか」

智早は赤い軽自動車がとまっていた場所と、夕規子が倒れていたところを交互にみながら、たずねた。

「いや、夕規子さんは斜め後ろから撃たれていたんです。あのあたりから撃ったはずです」

宮之原は夕規子の車がとまっていた横の斜面を指さした。

そこは丈の低い木が茂っていた。樹木に積もった雪がそこだけ、まばらに落ちていた。

「でも……」

智早は頭が混乱する思いで宮之原をみつめた。

犯人はいま智早が立っているすぐ先にいたはずであった。夕規子はその犯人へ歩み寄ろうとしたのに、ボウガンを発射したのは雪が落ちた斜面からだという。

「捜査本部も理解できないでいるんです。しかし、わたしはこの現場をみて、犯人はふたり組だったんだと気づいた。ひとりが囮になって、ここに立っていた。囮にちかづこうとした夕規子さんを、もうひとりがあそこから撃った……」

と、宮之原はいった。

それなら、わからなくはない。

だが、囮になったのは誰なのか。車から降りた夕規子が歩み寄ろうとしたのだから、よく知っている人物だったことになる。

それほどよく知っている人物なら、こんな急な坂の途中で待ち伏せるまでもなく、夕規子を狙う場所も機会もあったのではないか。

「囮になったのは誰なんでしょう?」

智早がたずねるのへ、

「それもわからないんだが、夕規子さんがよく知ってる人物だったことだけはたしかです。この場所をえらんだ理由はわからなくもない。このとおり、急なくだりのヘアピンカーブです。夕規子さんは車のスピードを落とした。そのライトを浴びて、よく知っている人物が立っていた。どうして、こんなところにいるのか、不思議に思いながらもブレーキを踏んだ。乗せてあげよう、そう思って車をとめたんですよ」

と、宮之原はいった。

「峠の上の平坦な道路だと、スピードをあげて通過していってしまう。それで坂道で待ち伏せした、そうなんですか」

「だと思いますね。昼間ならともかく夜でしょう。村役場のある本郷からこっちは真っ暗だった。男のわたしでもひとりだと気味がわるいですよ。道ばたで誰かが手をあげたとしても、幽霊がでたと思うかもしれない」

「だけど、夕規子がよく知っている人物で、乗せてあげようと思ったんでしょう。それがじつは夕規子を殺すためにここで待ち伏せしていた……」

智早は首をかしげた。

しかも、その人物は夕規子がここをとおることを知っていた。

そんな人物は山浦以外に思いあたらなかった。

「犯人は山浦社長じゃないですか」

智早は急《せ》き込むようにいった。

「会って話を聞きましょう」

宮之原はそういい、車に乗り込んだ。

〈夕規子、警部さんが敵《かたき》をとってくださるわよ〉

智早は花束へ目をやって、胸のなかで夕規子に告げた。

4

カーブのおおい急な坂をくだり切ると、ちらほらと民家が目につくようになり、国府の町にはいった。

その名のとおり、飛騨の国府が置かれていた町だが、豊臣秀吉の命をうけて三木氏を滅ぼした金森氏が高山に城を築き、城下町を整備したため、江戸時代以降はさびれ、いまは人口八千人ほどの町になっている。

山浦の家はその町はずれにあった。

背後に山が迫り、黒ずんだ木々に雪がわずかに引っかかっていて、うそ寒い感じの古い家であった。

ちかくには製材所が目立ち、山浦の家へつうじる道ばたに『県史跡・縄文式住居跡』と書かれた案内板が立っていた。

すぐ先に神社らしい森があり、その横が住居跡らしい。

県が指定した史跡だから、それなりに保存されているのだろうが、みたところはそんな様子もなく、霜枯れの野っ原がひろがっているだけで、その野っ原の向こうを高山本線のディーゼルカーが、ことことと走って行った。

宮之原は山浦の家のまえの空き地に車を乗り入れた。空き地には年式の古い国産の大型車がとめてあった。

その車にみおぼえがあった。

かつて、山浦が運転手つきで乗りまわしていた車であった。

ホテル瑞祥が倒産して、山浦の手にのこったのは、この古い家と車だけなのだろうか。

智早は敵《かたき》をみる目で車をみつめながら、宮之原につづいて山浦の家の門をくぐった。

家はおおきかったが、寒々しいほど荒れていた。

家全体が凍りついているようで、玄関だけでも智早のワンルームのマンションよりひろかったが、澱んだ空気が冷凍庫のように冷え込んでいた。

「ごめんください」

宮之原が大声で家の奥へ呼ばわった。

奥で物音がし、山浦がでてきた。

厚手のセーターを着て、スウェットのパンツをはいていた。それがひどく老け込んで感じられた。

智早がホテル瑞祥へ出入りしていたころ、四十歳になったばかりだったから、まだ四十五、六のはずだが、寒そうに背をまるめている姿は六十歳ちかい老人のように思えた。

「警察庁の宮之原と申します。楠田さんと八巻さんの事件のことで、すこしお話を聞かせてください」

宮之原は名刺を差しだし、

「警察庁？」

山浦は受けとった名刺に目を落とし、

「ここは寒いですね。ちょっと待ってください」

奥へ引っ込んで行くと、石油ストーブを持ってきて、火をつけた。

「失礼しますよ」

宮之原は式台にすわり込み、

「いきなりで失礼ですが、九日の夜、ここへ八巻夕規子さんが訪ねてくる約束になってたんじゃないですか」

と、たずねた。

「八巻夕規子というのは十三墓峠で殺された歌手ですね」

山浦はたずね返し、宮之原がうなずくのを待って、

「いいえ。わたしはその女性を知りませんよ……」

怪訝そうな顔でこたえた。

「九日の夜の十時前後、どこにおられました？」

「高山でひとと会う約束があって、でかけましたが……」

「なんという方ですか」

「酒巻《さかまき》といいます。いまは藤代まゆみのマネージャーをしてますが、むかしホテル瑞祥ではたらいておりました。その酒巻に話があると呼びだされたのですが、出向いて行ったところ、留守でした」

「藤代まゆみのマネージャーが、どうして高山にいるんです？」

宮之原は不審そうにたずねた。

「九日は下呂温泉のホテルのディナーショーだけだから、終わりしだい高山にもどって実家に泊まる。まゆみを交えて話したいことがあるといってきたんですが……」

「下呂温泉のホテルというのは瑞祥ですか」

「ええ……」

山浦は苦い顔になった。

「実家にはどなたが住んでるんです?」

「酒巻の両親がおります」

「住所は?」

「八幡町です。櫻山八幡宮のすぐちかくです」

「何時ごろ、そこへ行きました?」

「九時でした。酒巻の母親に帰ってくるまで待ってくれと引き留められたんですが、落ちぶれると、以前つかっていた男にまでバカにされるのかと思いましてね、帰ってきたんです」

「真っ直ぐ、ここへ帰ってきたんですか」

「ええ。帰ってきたのが十時ちょっとすぎでした」

「それはまずいですね。どこかに寄られたのなら、話は簡単なんですが……」

宮之原は苦笑を洩らした。

「どういうことなんです？」

山浦は気色ばんだ顔でたずねた。

「八巻夕規子さんが殺されたのが十時ごろなんですよ。十時すぎにここへ帰ってこられたんだとアリバイが成立しないんです」

「冗談をいわないでほしいね。わたしは八巻夕規子という女性と、まったく関係がありませんよ。会ったこともない女のことで、どうして疑われなきゃならんのです」

山浦が憤然とするのへ、

「東山芸能の楠田社長が殺された夜、あなたは文化会館の楽屋にいましたね。あなたと藤代まゆみさん、それに酒巻さんの関係はどうなってるんですか。それを話していただけますか」

と、宮之原はたずねた。

「楠田くんのことなら警察に聞かれましたが、話せというのなら何度でも話しましょう。変なことで疑われるのは御免だ。よく聞いてくださいよ」

山浦はすわり直し、

「わたしが去年の五月まで、ホテル瑞祥を経営してたことはご存じですね。ホテル瑞祥は下呂温泉はもちろん、日本でも屈指のリゾートホテルでした。毎晩、豪華なショーをおこなっていて、酒巻はそのショーを担当する従業員でした」

と、切りだした。

ショーを担当していたと聞くと、智早はうっすらと酒巻の記憶があった。

当時三十そこそこの主任がいた。

ホテル瑞祥の威光をバックにして、威張り返っていた男の名前が、たしか酒巻であった。

山浦はつづけた。

「その酒巻がホテルの金を遣い込んだんです。たいした金額ではなかったんですが、わたしが叱りつけると、遣い込んだ金の見返りとして、藤代まゆみを紹介してよこしたんです」

智早はえっという思いで山浦をみつめた。

酒巻と藤代まゆみはどういう関係だったのか。酒巻が遣い込んだ金の見返りが、どうして藤代まゆみなのか。話に飛躍があったが、わからなくはなかった。

当時、藤代まゆみもホテル瑞祥のショーにでていた。酒巻はショーの主任だったから、誰を呼ぶかという権限を持っていたわけで、その権限をもとにまゆみを口説いたのだろう。

「酒巻さんが紹介したというのは、『奥飛驒悲歌』でデビューするまえの話ですね」

宮之原がたずねた。

「そうです。楠田くんから『奥飛騨悲歌』の話があったのは、わたしがまゆみのスポンサーになって半年ほどあとです。歌手の名前は忘れましたが、すごく声のいい歌手がいる。その歌手に賭けてみたい、『奥飛騨悲歌』がヒットすれば観光の面でも波及効果がある、協力してくれないか。楠田くんはそういってきたんですが、その話を酒巻が聞き、まゆみに話したんです。で、まゆみがわたしを差し置いて、そんな歌手を応援することはない、わたしに『奥飛騨悲歌』を歌わせろといいだしたのでした」

智早はそう話す山浦と宮之原を交互にみつめた。

自惚れかもしれないが、その歌手とは智早のことではないか。

そう思うとくすぐったい気分であった。

「結果的に藤代まゆみさんの願いどおりになったわけですね」

宮之原が念を押し、

「結果的にはそのとおりですが、わたしはまゆみと酒巻にだまされたのです」

山浦は酸っぱい顔になった。

「何をだまされたのです？」

「あとになって考えると、何もかもです。楠田くんはまゆみではだめだ、まゆみを売りだすとなると、途方もなく金がかかると反対したのですが、当のわたしがまゆみに情を持ってしまっていました。金で売りだすことができるのなら、金をだそうじゃないか。自分の女がレコードをだし、テレビに出演し、スターになる。やってみようと考えたのです」

「そうなったじゃないですか」

「なりましたよ。なりましたが、金が湯水のようにでていった。あげくの果て、まゆみがスターになると、酒巻がマネージャーになった。マネージャーというよりは、あのふたりは実質的には夫婦です。なんのことはない、わたしは酒巻の女房のために、三億円からの資金を提供しただけのことになった」

山浦は呻くようにいった。

5

「で、九日の夜、酒巻さんに呼びだされたのは、なんの話があったんです？」

宮之原は質問を変えた。

「楠田くんの事件があった日、わたしはまゆみと酒巻に、恨み言のひとつでもいってやるつもりで、文化会館へ行ったんです。すると、酒巻がこういったんです。社長に、わたしのことです、社長にデビューのとき使った金を返したいと思っているが、まゆみは新世紀プロと契約していて、月給が二百万円の身だ、まゆみをプロダクションから独立させれば、売りあげがそっくりまゆみのものになり、収入はいまの三十倍になる。そうなれば、藤代まゆみ事務所の社長にわたしを迎え、毎月給料の形で返済することができる。ついては、まゆみを穏便に独立させるため、大日向さんを紹介してもらえないか、と」

「大日向というのは、いま現在のホテル瑞祥の社長ですね」

宮之原がたずねた。

「まあ、そう考えていただいてよいと思います。名義上の社長は別のひとですが……」

山浦は苦い顔でいった。

「どういうひとなんです？」

「ひと口にはいえませんが、こっちのひとでしょうね」

山浦は頰に人差し指をあてた。

「それは知っています。お聞きしたいのはあなたと、どういう関係なのかということです」

「わたしは大日向さんにホテル瑞祥の全株式を六百万円でお譲りした。それだけのことです」

「ホテル瑞祥は百七十億円の負債があったそうですね。その負債はそっくり大日向さんが引き継いだのですか」

「ええ……」

山浦はうなずいた。

「わたしが聞いた話では、ホテル瑞祥は従業員の給料はもちろん、電気代もはらえないほど逼迫していた。そこへ大日向さんが乗り込んできて、あなたから六百万円でホテルの株を買取ると、即座に給料や電気代、仕入れの代金などを支払い、さらに暴力団関係の債権者とわたり合って、総額一億円ちょっとでホテル瑞祥を手に入れた……。これは事実ですか」

宮之原がたずね、智早は息を飲んだ。

百七十億円の負債があったホテル瑞祥を一億円ちょっとで手に入れたというのが、智早には手品のように思えた。

「株をお譲りしたあとのことは知りません。わたしも新聞に書かれたことや噂で聞いたことしか知らないんです。ただ、おおよそのことはそのとおりだと思います。それ以上のことは大日向さんにお会いになって、直接お聞きになってください」

「そうしましょう。で、話を元にもどしますが、あなたは酒巻さんの申し出を大日向さんに取り次いだのですか」

「いいえ」

山浦は首を横に振った。

「取り次ぐとどうなります？」

「それは、酒巻が期待しているとおりになるでしょう。なることはなると思いますが、わたしは酒巻を信用してないんです」

「わかりました。あなたが九日の夜、酒巻さんを訪ねたのは、藤代まゆみさんが独立したあとのことを、念書にしたかったからですね」

「ええ、まあ……」

山浦は腹のなかをみ透かされたようにドキマギしながらうなずいた。

「もうひとつだけ聞かせてください。楠田さんが五年まえにデビューさせようとした歌手がいましたね。藤代まゆみさんのためにデビューさせることができなかったが、その歌手をあらためてデビューさせようとしていました。その話を聞いてませんか」

「いいえ。聞いてません。聞いたとしても、いまのわたしには、どうする力もないですから……」

「デビューさせるとして、どのくらいの金がかかるものですか」

「それは……。まゆみのようなデビューのさせ方なら、いくら金があってもたらないでしょうが、楠田くんがまえに話していたのは、実力で世にでていく方法でした。ただ……」

「………?」

「酒巻は夢だといってました。楠田くんの方法でスターになることができたのは、昭和五十年代までの話だ。そのころまではレコード会社がリスクを背負ってでも、歌手を売りだしたが、いまはレーベル会社は持ち込まれた原盤をコピーするだけだ。売りだしに必要な経費はすべて、こちら側がもつことになる。いま現在の藤代まゆみでも、宣伝費はプロダクションがだしている。藤代まゆみどころか、紅白のトリを歌うようなスターでも、テレビのスポットCMなんかは自分もちで、毎年一億円をくだらない金をだしている、と……。結局のところ、あたらしいスターをつくるとなると、まゆみにかけたのとおなじように金がかかるんじゃないですか」

「わかりました……」

宮之原は式台から立ちあがると、

「五年まえに楠田さんがデビューさせようと思った歌手は、西脇智早といいます。おぼえてませんか」

と、いった。

智早は飛びあがりそうになった。

「おぼえてないですすね」

山浦は気のない返事をした。

「この女性がそうです」

宮之原がいい、

「………！」

山浦は棒を飲んだように智早をみつめた。

「デビューするのに金がかかるとしたら、楠田さんは当然、スポンサーをみつけていたと思うんです。楠田さんがつき合っていたひとで、スポンサーになりそうな人物のこころあたりはないですか」

「………！」

山浦はしばらくのあいだ、呆然としたように智早をみつめていたが、

「それは大日向さんじゃないかな」

と、つぶやくようにいった。

智早は首筋を毛虫がはうような不快さを噛んだ。

ホテル瑞祥を乗っ取った暴力団の男に売られるところだったのか。

「お邪魔しました」

宮之原はそういって、玄関をでた。

智早は玄関をでて、溜息をついた。

会ったことのない大日向の幻影がまといついていた。

宮之原が智早を振り向き、

「レーベル会社は持ち込まれた原盤をコピーするだけだといいましたね。原盤はどこで製作するんです？」

と、たずねた。

「それは原盤製作会社があるんです。わたしが知ってるのは徳間ジャパンだけですけど……」

智早はこたえた。

「宣伝費はどこが持つんです？」

「さあ……。それは歌手が自分でキャンペーンを打ってまわるしかないんじゃないですか」

それは智早の知らない世界の話であった。

智早が子供のころ、どのテレビ局もひとつやふたつ、歌番組を持っていた。ピンク・レディーや松田聖子が彗星のようにデビューしたり、中森明菜があっという間にスター歌手になったりした。

楠田に聞かされて、話として知っているだけだが、内山田洋とクール・ファイブの『長崎は今日も雨だった』は、彼らが出演していた長崎のキャバレーの支配人が、前川清の声に惚れ込み、自分で作詞した歌を知人の作曲家にたのんで曲にし、前川清たちのコーラスグループは寝台列車で上京し、即日、録音をおこなったという。レコード会社がリスクを背負い、テレビには歌番組がたくさんあり、歌がよければヒットし、一夜にしてスターが誕生した時代であった。

いまはちがう。

智早の耳に聞こえてくるのは、歌手がひとりで有線放送のオフィスやCDショップを訪ねたり、とおりすがりの飲み屋に飛び込み、携帯用のカラオケで歌って全国をキャンペーンしてまわる切ない話ばかりであった。

それでも、チャンスさえあればやる気力は持っている。全国を歩いてまわる健康なからだも持っている。

楠田はどこまでを考えてくれていたのか。

智早が受けとったのは、『ここは天領、飛騨の町』というフレーズだけであった。詞はできていたのか。

作曲は誰にたのむつもりだったのか。原盤製作はどこでする予定だったのか。

智早が大日向の援助はいやだと主張した場合、それでもデビューできたのか。

一切を聞いていない。

6

高山へ向かった。

酒巻の実家をたずね、山浦の話したことが事実かどうか、確認しなければならない。とはいっても、ちょっと聞けばすぐに嘘だとわかることをいうわけがないから、九日の夜、山浦が実家をたずねたことは事実だろう。

山浦はほんとうに夕規子を知らなかったのか。

智早の脳裏に夕規子がホテル山水荘で口にしたという両面宿儺のことが引っかかっている。

山浦には表の顔と裏の顔があり、いまみせたのは表の顔で、もうひとつの裏の顔で、何かを画策しているのではないか。

夕規子はそれを知っていたのではないか。

「楠田社長が亡くなるとき、ホテル瑞祥といいましたが、夕規子が両面宿儺の話をしたのも、何か意味があるんじゃないですか」

智早は宮之原にいった。

「草壁さんに聞いてみましょう。あのひとは歴史関係のことが好きだから、知ってるはずです」

宮之原はそうこたえた。

山と山にはさまれた谷間《たにあい》の国道に、うっすらと夕闇がただよいはじめていた。

山浦の家から高山までは、ほんの五、六キロの距離で、宮之原は警察署に車をつけると、

「ちょっと待っててください」

智早を車にのこして、警察署へはいって行った。

智早は左手の窓をみあげた。

市役所が建っていた。智早がいたころは、高山を象徴する古い町並みの三町筋《さんまちすじ》の東にあった。いまにも崩れそうな木造の建物だったが、壮大なコンクリートの庁舎に変わり、その窓の灯が暮れて行く夕闇のなかに、くっきりとうかびあがっている。

そこへ、宮之原が草壁を伴ってでてきた。

草壁は智早に会釈をして、うしろの座席に乗り込み、

「両面宿灘というのは顔がふたつで、手と足が四本ずつあった怪物で、朝廷にそむいたため、仁徳《にんとく》天皇のころ平定されたと、『日本書紀』に記録されてあります。書かれているのはそれだけですが、日本書紀を書いた大和朝廷からみると、飛騨などという国はそんな怪物のようなのが支配している遅れた国だぐらいにしか考えてなかったん

じゃないですか」

と、いった。

「高山あたりで、あいつは両面宿儺だというい方をしたとしたら、いいイメージですか、わるいイメージですか」

宮之原がたずね、

「さあ、どうでしょう。やはり、わるいイメージのほうがつよいんじゃないですか」

草壁はとまどいながらこたえた。

「すると、夕規子さんは国府にいるのは、顔がふたつある信用できない人物だ。そう承知したうえで会いに行った。そうなりますね」

宮之原は智早にいい、車を発進させた。

「次の交差点を左折してください」

草壁がナビゲーションした。

市役所に沿って左折して暗くなった通りを進み、宮川にかかった橋をわたった。

橋の手前あたりから急に町が華やかになった。

橋をわたった右手が下三之町で、高山のシンボルとされている三町筋のひとつであった。

「高山もだめになりました」

草壁がうしろの席から話しかけた。

「そうだね。こうしてみるだけでもテーマパークのような感じになったね」

宮之原が徐行しながら左右に目をやってこたえた。

三町筋が急速にテーマパークのようになったのは、智早がいたころからであった。昔から飛驒の小京都としてよく知られてはいたが、観光客でごった返すのは、春と秋の祭りのときだけだったが、今は一年中、休日平日を問わず観光客が押しかけてくるようになった。

観光客が期待しているのは江戸時代にタイムスリップしたような古い町並みだから、どの店もそれらしく装うようになり、むかしふうの軒灯をつけたり、木の看板をつるしはじめ、人力車まで登場するようになった。

ほんとうの高山は影をひそめ、華美に装ったつくりものの高山に変貌して行った。

「高山は明治、大正、昭和と、百年間、時代に取りのこされた町で、そこが魅力だったんですが、こう民芸ふうの店がぼこぼこできるようでは、もういけません。次を左折してください」

草壁が慨嘆しながら、指示した。

車は宮川の支流、江名子《えなこ》川にかかった橋をわたった。櫻山八幡宮へつうじる道で、八幡宮には高山祭の屋台を展示した会館があり、この道も観光のメインストリートであった。

「京都もそうだよ。夏目漱石なんかこんな町の、小汚い寺のどこがいいといってる。欧米にかぶれたわけじゃないが、ロンドンに留学した明治時代のインテリの目には、南禅寺も清水寺もただの小汚い寺としか思えなかったんだね。だから、京都はのこった。その京都をいまのひとたちが寄ってたかって食い散らしている」

「そこです。その三軒先……」

草壁が櫻山八幡宮の表参道のすこし先を指さした。

民宿の軒灯が闇のなかにうかんでいて、酒巻の実家はその向かいであった。

普通の民家であった。

草壁が先に立って格子造りの引き戸をあけ、

「酒巻さん、警察のもんじゃが……」

と、大声で奥に呼ばわった。

智早が下宿していた草壁の家と似たような造りで、間口はせまいが奥が深い。俗にうなぎの寝床という造りの家であった。

奥の部屋から六十歳ぐらいの婦人がでてきて、玄関脇の部屋の明かりをつけ、

「はい、酒巻ですが……」

と、会釈しながら正座した。

「ちょっと聞きたいんじゃが、九日の夜、ここへホテル瑞祥のまえの社長がきましたか」

草壁がたずねた。

「はい。おいでになりました」

「何時ごろ、きました？」

「九時ごろでしたな。弘樹《ひろき》と会う約束になってたそうで、そんならあがってお待ちくださいとおすすめしたんですが、なんや急いでなさるようで、帰っていかれました。三十分も待ってくださったら、弘樹がまゆみさんと一緒に帰ってきたんですが……」

婦人は不服そうにいった。

「その晩、酒巻さんと藤代まゆみさんは、ここに泊まったんですか」

「はい。泊まっていきました」

「着いたのは何時でした？」

「ですから、九時半ごろです」

「で、そのあと、外出はしなかったですか」

「はい。弘樹がこの家に帰ってきたのは、五年ぶりです。その晩は家族水入らずで話をして、ゆっくりしていきました」

婦人は誇らしそうにいった。

酒巻はいまや演歌の大スター藤代まゆみのマネージャーであり、夫であった。それに引き替え、山浦はホテル瑞祥をうしない、あの寒々しい家に逼塞している。かつてホテル瑞祥の社長と従業員だった関係は逆転し、三億円を投じてデビューさせた藤代まゆみまで酒巻にとられ、大日向に口利きすることで捨て扶持をもらうしかない立場になっていた。

「山浦さんはどういう用件で、ここへやってきたんですか」

宮之原がたずねた。

「さあ……。弘樹においでたことは伝えましたが、うなずいていただけでしたので……」

婦人は何も聞かされていないようであった。

「わかりました。山浦さんのことをうかがいにきただけですので……」

宮之原はそういい、軽くお辞儀をして家をでた。

「山浦がいそいで帰っていったというのは?」

草壁が宮之原へ顔を向けた。

ここへきたのはアリバイづくりではなかったのか。

九時にここをでたのなら、十時までに十三墓峠へ行くことは可能だった。

草壁の顔はそう告げていた。

「それもあるが、明日、大日向に会ってみようと思うんだ」

宮之原はみじかくいった。

そういえば、宮之原は智早のデビューの話が、事件の原因ではないか、智早にデビューされると困る人物がいたのではないかといった。

楠田が智早の話を大日向にしていたとしたら、デビューされると困る人物が誰なのか、わかるはずであった。

智早にしても、大日向に会ってみたい。

大日向に会えば、楠田の真意がわかる。

楠田と大日向のあいだで、どこまで話がすすんでいたのか。それは金と色に汚れた話だったのか、いくらかでも夢のある話だったのか。

智早は自分の目と耳でたしかめたいと思う。

「自分は大日向に会って、一応の話を聞きました。西脇さんのデビューの話は知りませんでしたので、突っ込んだ話にはなりませんでしたが、なかなかの人物でした」

草壁がいった。

「その話はゆっくり聞くとして、どこかで美味いものを食べましょう。草壁さん、案内してください」

宮之原は明るくいった。

「承知しました。警部はお飲みになりませんから、飛騨牛のステーキにしますか。そこは生ハムも美味いんです。そのレストランでホテルのほうも手配しますから……」

草壁がこたえ、

「それでいいですか」

宮之原は智早にたずねた。

「わたし、ステーキを何年、食べてないでしょう」

智早は目をまるくさせた。

ワンコインシンガーにステーキは無縁であった。

ホテルも縁がない。泊まるのは健康ランドの客室が上の部で、ひどいときは宴会場に寝かされることもめずらしくない。

居酒屋やすし屋の宴会のときなんか、着替えをトイレでしてくれといわれることもある。

今日一日だけかも知れないが、智早はプリンセスになったような旅をしている。

第4章　下呂《げろ》温泉・三百億円の借金を背負った男

1

翌朝、目をさますと、智早はベッドから跳ね起きて窓のカーテンをあけた。

今日もよく晴れた日で、乗鞍岳の肩のあたりから太陽がのぼってくるところであった。

パノラマのようにひろがっている乗鞍、焼岳、穂高連峰など北アルプスの連山がシルエットから白銀に変わっていった。

高山でまる二年すごした智早だが、草壁の家は町中にあったし、夜がおそくて朝もおそい仕事がら、アルプスからのぼってくる日の出をみるのは、これがはじめてであった。

智早はおおきく深呼吸をし、跳ね起きたベッドへ目をやった。

窓から射し込む朝の光が部屋を照らしだしている。

高山の市街地からすこし離れたバイパス沿いのリゾートホテル。シングルルームだが、ゆったりした造りで、出立するのが惜しいような気持ちであった。

智早はバスルームで顔を洗い、念入りに髪の毛を梳き、化粧をととのえると、最上階のレストランへ行った。

窓辺のテーブルで宮之原がコーヒーを飲みながら例の缶ピースをまえに、悠然と煙草をくゆらせていた。

「おはようございます」

智早が向かい合った席にすわると、ウエーターが歩み寄ってきてグラスに冷たい水をつぎ、メニューを差しだした。

こういうサービスに馴れていない智早が硬くなっているのへ、宮之原は、

「わたしは食事をすませました。なんでも好きなものをたのんでください」

と、鷹揚にいった。

「じゃあ、これを」

朝の定食を指さすと、

「タマゴはいかがいたしましょう」

ウエーターがたずねた。

目玉焼にするのか、スクランブルエッグなのか、茹でタマゴなのかという質問だっ

たが、はじめての経験の智早には、とっさには何を聞かれたのか飲み込めなかった。

タマゴは半熟に茹で、ジュースはトマトジュース、パンはトースト。ベーコンではなくソーセージ。飲物はコーヒー。

それだけのことをたのむのに、智早はひと仕事するほどドキドキしたが、オーダーをとったウエーターが去って行くのと入れ替わりに草壁がやってきた。

「食事は？」

宮之原がたずね、

「すませてきました。コーヒーをいただきます」

草壁は実直な人柄そのままにこたえ、

「昨夜、下呂温泉の知人に問い合わせたのですが、大日向という人物は評判が非常によいようです」

と、いった。

「ほう……」

「高知県出身で五十一歳。城南大学を卒業して運輸会社に就職しましたが、十年後に独立し、アパレル関係のデザイン事務所をはじめ、不動産も扱うようになったのですが、バブルの崩壊で会社は債務超過におちいり、いまでも三百億円ちかい借金を抱えているそうです」

「……！」

智早は宮之原とならんですわった草壁をみつめた。

三百億円もの借金を抱えているのに、ホテル瑞祥を買い取った。それが手品のように思えた。

「大日向が名前をあげたのは、奈良県の倒産したゴルフ場を立て直したことからだそうです。そのゴルフ場は政治家がからんでいて、権利関係が複雑で普通の者には手がつけられない状態だったそうですが、大日向が乗り込むと嘘のように再建軌道に乗り、いまでは土日は予約で満杯になる盛況をみせているそうで、ほかにも借金だらけのゴルフ場を十億円で手に入れ、難なく営業させております」

「資金はどこからでてるんです？」

「わかりません。複数のスポンサーがいて、動かせる資金は数百億円だといわれておりますが……」

「普通の損切《そんき》り屋ではないね」

「はい。法律に精通したブレーンを抱えていて、法的な処理をどんどん進める一方で、必要とあれば暴力団関係の人脈も金もふんだんに使う。そのためコワモテの債権者も大日向にかかると、ヘビに睨まれたカエルだそうです」

「ホテル瑞祥の名義上の社長は大日向じゃないそうだね」

「はい。ホテル瑞祥はもちろんですが、再建させたゴルフ場も経営者は別の人物になっております。大日向は役員にも名前をつらねておりませんし、株も持っておりません。ですから、ケンカ相手も大日向の正体がなかなかつかめないようです」

「なるほど。大日向が絵を描いていることはわかってるが、法的には関与してないことにしてあるから、何か問題が起きても大日向は矢面に立たなくてすむ。そういうことだね」

宮之原はうなずいた。

智早はその宮之原と草壁を交互にみつめた。

ふたりの話していることが、さっぱりわからなかった。

百七十億円もの負債を抱えて倒産したホテル瑞祥を、一億円ちょっとで手に入れたと聞いたときもそうだったが、損切り屋というのもわからなければ、その大日向自身が三百億円の借金を抱えているというのもわからない。

大日向の名前は夕規子でさえ知っていたのに、交渉相手の債権者が正体をつかめないでいるというのは、もっとわからなかった。

注文した朝食がはこばれてきた。

「わたしにもコーヒーを……」

宮之原はコーヒーカップに指を差し、

「畏まりました……」

ウエーターはコーヒーを注いで行った。

「損切り屋ってなんですか」

智早は宮之原へ目をやった。

「むずかしい質問ですね」

宮之原は微笑し、

「バブルのときに銀行から百億円を借りてつくったゴルフ場なり、ホテルなりがあるとして、バブルがはじけた結果、三分の一以下の価値になってしまった。いま現在の価値は三十億円だし、真面目に営業して行くと、三十億円にみ合う収入しかあげることができない。この理屈はわかりますか」

と、たずね返した。

「わかるような気がします」

智早はうなずいた。

百億円のつもりでつくったゴルフ場やホテルの価値が三十億円になってしまったのだ。

そのゴルフ場やホテルのすぐちかくに、おなじものをいまつくるとしたら三十億円でできる。

百億円のつもりでつくったゴルフ場やホテルは、バブルで消えた七十億円をハンディとして背負う羽目になった。精いっぱい営業しても、三十億円分の収入しか得ることができず、消えた七十億円の元金と利息を払いつづけなければならない。

そう考えるとはやそうであった。

宮之原は智早が納得したと察して話をつづけた。

「その七十億円の損を切ってあげましょう。そういう商売が損切り屋なんです」

「そんなことができるんですか」

「誰にでもできるわけじゃないが、損切り屋は銀行と交渉するんですよ。このまま、百億円の利息をはらうとなると、遠からず倒産しますよ。倒産するとゴルフ場は草っ原に、ホテルは廃墟になってしまいます。草っ原や廃墟を差し押さえたって十億円の価値もなくなってしまうでしょう。それならバブルで消えた七十億はなかったものとして棒引きしたらどうですか。三十億円の借金なら、利息をきちんと支払うことができるんですがね、と……」

「銀行にとってはどっちが得なんです？」

「ほかの要素や思惑がないとしたら、数字どおり棒引きするしかないでしょう」

「でも……」

智早は釈然としない気分だった。

宮之原が例えとしていった七十億円が、日本全国のあっちにもこっちにもあり、それが積もり積もって、いまも大騒ぎしている不良債権というものになっているのだろう。損切りしなければ〝先のばし〟するだけのことだし、切れば切ったで銀行は赤字を計上しなければならない。

「釈然としないようですね。わたしも釈然としない。だが、その話は大日向に聞きましょう。わたしは経済の素人だが、大日向はそれを商売にしている。評判のいい人物だそうだから、くわしく説明してくれるでしょう」

宮之原は話を〝先のばし〟した。

2

草壁とは別れ、智早と宮之原は下呂温泉に向かった。

下呂温泉は高山の南、五十キロほどの山峡にある大温泉で、江戸時代には有馬、草津とならぶ三名泉にかぞえられたこともある。

昨日たずねた奥飛騨温泉郷が自然を売り物にしているのとは逆に、歓楽的な色彩の濃い温泉であった。

ホテル瑞祥は下呂温泉を一望する山の中腹に建っていて、収容客数八百五十名、従業員六百二十名の大型リゾートホテルであった。

智早がショーに出演していたころは、一泊が最低でも三万円、豪華な設備を誇り、テレビの旅行番組に何度となく取りあげられ、山浦の妻がへたなタレントそこのけの派手な着物姿で名女将ぶりを披露していたものであった。

「大日向ってひとは素直に会うでしょうか」

下呂温泉へ向かう車のなかで、智早は宮之原にたずねた。

「普通なら会わないでしょうね」

宮之原は微笑をうかべた。

「どうするんですか」

「わたしは会うと思うんです」

「どうしてです?」

「この事件のキーワードは『ホテル瑞祥』ですよ。楠田さんがいいのこした『ホテル瑞祥』とはなんなのか。山浦さんを指しているのか、藤代まゆみなのか、それとも大日向晃なのか。犯人は別として、それ以外の関係者は『ホテル瑞祥』の意味を明らかにしないかぎり、いつまでも容疑者でいなければならない。つまり、犯人でないかぎり、捜査に協力するはずです」

宮之原は確信に満ちた口調でいい、

「それに、山浦さんから電話がいってるはずですよ。わたしはともかくとして、あなたに会ってみたいと考えて不思議ないでしょう。楠田さんからあなたの話を聞いてると、わたしは思う。ここでわたしを避けたとしたら、事件と関係していたと告白するようなものじゃないですか」

と、いった。

智早はえっと思った。

山浦が連絡したというのも意外なら、智早が同行しているから大日向は会うはずだというのは、もっと意外であった。

だが、考えてみれば、そのとおりかもしれない。

山浦にしてみれば、捜査本部と別に警察庁の刑事が捜査していることを知らせるのは、恩を売るようなものであった。

大日向は事件と直接の関係がないはずであった。

百七十億円の負債を抱えたホテル瑞祥を一億円ちょっとで手に入れたとしても、そのこと自体は警察にとやかく詮索される理由がなかった。

微妙なのは大日向が智早のことを楠田から聞いていたケースであった。

大日向がその話に乗っていたとすれば、楠田を射殺した犯人はその話をつぶしたことになる。大日向にしてみれば、自分のほうから買ってでても、犯人をさがしだしたい気持ちでいるはずであった。

楠田から話は聞いたが乗る気にならなかったのなら、それはそれで堂々とそう告げればいい。

曖昧な態度をとり、あとになって話を聞いていたとわかると、楠田が最期にいいのこした「ホテル瑞祥」がおおきな意味をもってくる。

いずれにしても、「ホテル瑞祥」に関係のある人物は、捜査に協力しないと容疑が濃くなる理屈であった。

ホテル瑞祥に着いたのは九時すこしすぎであった。

エントランスをはいると、吹き抜けのロビーに巨大なシャンデリアがつるされた豪華な空間がひろがった。

ちょうどチェックアウトの時間だったので、ロビーはごった返していた。客はおジイちゃんやおバアちゃんがおおかった。普段着とそれほど変わらない服装が、智早に健康ランドの客層を連想させた。

宮之原はフロントに名刺を差しだし、

「大日向さんにお会いしたい」

と、告げた。

フロントはインターホンを取り、ふた言三言話したうえで、

「いま、支配人がまいりますので、しばらく、そちらでお待ちください」

ロビーのソファーに手の平を向けた。
二、三分待たされて、支配人がやってきた。
四十歳ぐらいの男で、フロントからわたされた名刺と智早を交互にとみつめ、

「支配人の柴崎《しばさき》ともうします。どうぞ、こちらへ」

と、エレベーターに乗り最上階のレストランへ案内して行った。

宿泊客が帰って行ったひろいレストランはがらんとしていて、窓辺のテーブルにすわっていた小柄でずんぐりした五十年輩の男が、椅子から立ちあがって宮之原と智早をみつめた。

色の黒い顔は目も鼻も口もちいさく、ぬめっとした感じで、川の淵深くに身をひそめているというサンショウウオを連想させた。

支配人が、

「ご案内いたしました」

フロントから受けとった名刺を男に手わたすと、

「大日向ともうします」

男は深々と頭をさげ、

「さ、どうぞ……」

向かい合った席をすすめ、支配人に、

「ごくろうさん」

と、いった。

支配人は一礼してさがって行った。

「警察庁の宮之原といいます。こちらは西脇智早さんといって、歌手をなさっていま
す」

宮之原はそう紹介し、智早に窓寄りの席をすすめ、ならんですわると鷲掴みにして
きた缶ピースをテーブルの上に置いた。

大日向はウエートレスを手招きし、

「コーヒーがよろしいですか、それとも生ジュースでも……」

宮之原と智早にたずね、

「コーヒーをいただきましょう」

宮之原がこたえると、

「じゃあそれを。灰皿を一緒にね」

と、ウエートレスにいった。

その口ぶりが優しかった。

「早速ですが、高山の楠田社長をご存じですか」

宮之原が単刀直入にたずねた。

「ええ。楠田くんから相談を受けておりました」

大日向はうなずき、スーツの内ポケットから折りたたんだ原稿用紙を取りだすと、宮之原のまえにひろげた。

青いインクで詞が書かれていた。

楠田の字だった。

智早は心臓を素手でつかまれるようなショックを感じながら、詞へ目を食い入らせた。

『ここは天領、飛騨の町』というタイトルだった。

高山陣屋の朝市で
おとなになったら恋をしようね、と
あなたは　いった
あれは　気まぐれだったのですか
かりそめの言葉かも知れないけれど
わたしはいまでも　縛られています
会えなくなって　三度めの秋がすぎ

耐えることしかできない町で
耐えて　十九になりました
ここは天領　飛騨の町

「曲もできています。片平圭悟に作曲を依頼しました。お聞きになりますか」

大日向はそういうと、テーブルの上に置かれていた小型のテープレコーダーのボタンを押した。

片平圭悟は『奥飛騨悲歌』の作曲者であった。

ピアノの音がながれた。

みじかい前奏につづいてメロディーにはいった。片平が弾いている素《す》のピアノだったが、のびやかなメロディーだった。

のびやかななかに切々とした情感がこめられていた。

智早は胸のなかで、ピアノのメロディーに合わせて歌った。

耐えることしかできない町で
耐えて　十九になりました
ここは天領　飛騨の町

二十七歳の智早の年齢が気になったが、ヒットの予感がした。

3

「楠田くんがあんなことにならなかったら、この六日にあなたと会う段取りになってました。あなたさえご承知なら、いつでも録音できます」

大日向はじっと智早をみつめた。

冷ややかな目であった。

サンショウウオはこんな目で、獲物がちかづくのをじっと待っているのではないか。

智早は背筋に寒いものがはしるのを感じながら、横にすわった宮之原へ目をやった。

「楠田さんとのあいだで、どういう条件が交わされてました?」

宮之原がたずねた。

「それはこれから詰める予定でしたが、特別なことは何もありません。西脇さんをデビューさせるのは、楠田くんの五年越しの念願だったそうです。楠田くんは藤代まゆみを売りだした実績があります。その楠田くんが五年のあいだ温めていた歌手だという。西脇さんの歌をデモCDで聞かせてもらい、写真もみせてもらって、なるほどと思いました。楠田くんに恩を売っておいても損はない。綺麗なことをいうわけじゃないが、その程度の気持ちでした」

大日向は愛想笑いをうかべた。

「西脇さんが承知すると、どういう条件がつくんですか」

「何もありません。CDにする費用は微々たるものです。それはわたしのポケットマネーですむことだ。問題はデビューしたあとでしょうが、それは西脇さんが運を持っているか、どうかでしょうね。わたしは何も要求しません。しいていえば、返事をいそいでほしい。というのは、藤代まゆみのマネージャーが、この歌をほしいと……。片平くんから聞いたらしい。九日の夜、うちでディナーショーがあったとき、しつこくたのまれました」

大日向はそういい、ちらっと智早に目をながした。

いやな目であった。

魂胆のありそうな目のように思えた。

「承知するとどうなりますか」

宮之原がかさねてたずねた。

「あとは片平くんにまかせてあります。編曲とかスタジオをどこにするとか、どこのレーベル会社から発売するとか、そういうことはすべて片平くんが引き受けてくれることになっています」

　大日向はそういい、

「ああ、そうだ。ひとつ問題がありました。著作権です。楠田くんの奥さんの許可がいりますな」

　と、つけくわえた。

　智早は唖然とする思いで大日向をみつめた。

　楠田が亡くなったのだから、妻の瑠璃子の承諾を得なければならないのは当然だが、それは問題というほどのことでもないはずであった。

　智早がうんといいさえすれば、デビューできる。

　持ち歌もCDもないワンコインシンガーから脱皮できる。

　ながいあいだ夢みてきたデビューが現実のものになる。

　だが、ほんとうに条件はないのか。

　楠田と夕規子が殺されたことと、無関係なのか。

　ないとは思えなかった。

　コーヒーがはこばれてきた。

　灰皿が宮之原のまえに置かれた。

「二、三うかがわせてください」

宮之原が大日向へいった。

「どうぞ……」

「楠田さんの事件が起きなかったら、六日に西脇さんと会っていたわけですね」

「ええ。そうなりますね」

「いまのお話だと、ＣＤにするのを急いでおられるようですが、今日は十二日ですよ。そのあいだ、西脇さんに連絡をとらなかったのはどうしてなんですか」

「それはあなた、西脇さんの電話番号も所属する芸能事務所も聞いてなかったんです。楠田くんの奥さんに聞くしかありませんので、葬儀が終わってからと思っていたところ、藤代まゆみのマネージャーから、いまお話ししたように譲ってくれといわれ、早急に楠田くんの奥さんに聞きにいこうとしたんですが、また事件が起きて、一日のばしにしていたところ、昨日、山浦さんが電話してきました。警察庁の警部さんが西脇さんを同道して、今日あたり、こちらへおいでになるといいます。それはありがたいとお待ちしていたわけです」

「あなたなら、西脇さんと連絡を取るぐらい、簡単だったんじゃないですか」

「いや、そうでもありません」

大日向は宮之原をみつめ返した。

その目が一瞬、キラッと光った。

宮之原はそれにはこだわらず、

「あなたは六日に西脇さんと会う予定だった。西脇さんはあなたのことを聞いてなかったが、デビューの話をするために五日の夜、高山に着き、楠田さんと会うために文化会館へ行った。そのショーの会場で事件を目撃する羽目になった。楠田さんは死ぬ直前、『ホテル瑞祥だ』といいのこした。わたしは一連のながれだと思うんです。つまり、西脇さんをデビューさせたくない人物がいた。その人物なり、理由がホテル瑞祥にあった。そうとしか考えられないんですが、何か思いあたることはありませんか」

と、話をすすめた。

「それはわたしも考えたんです。しかし、そういう人物も理由も、いまのホテル瑞祥にはないんです。山浦さんのころのホテル瑞祥ではないか。そう考えて、九日の夜、藤代まゆみとマネージャーにたずねたのです。マネージャーの酒巻をご存じですか」

「まだ、会ってませんが、藤代まゆみと山浦さんを結びつけた男だそうですね」

「ええ。目端の利く男です」

「ふたりはどう話してました？」

「まったくこころあたりがないと……。もっとも、ふたりは警察にくわしく事情聴取されています。こころあたりがあれば話していたでしょうが……」

「藤代まゆみのショーは、何時に終わりました？」

「ショーが終わったのは八時です。そのあとで、楠田くんの事件について聞きました」

「で、何時にホテルをでて行きました？」

「わたしはもうすこしくわしく話を聞きたかったのですが、酒巻くんが急いでましてね。約束があるとかで、話を三十分ほどで打ち切って帰っていきました。八時四十分ぐらいにでて行ったんじゃないですか」

智早はふたりの話に耳をかたむけながら、おおよその時間を推し量った。

下呂温泉から高山までは車で一時間弱であった。

八時四十分にでたのなら、高山の実家に到着するのは九時半ごろであった。

酒巻は九時に山浦と会う約束をしていた。

ショーが終わって、すぐにホテルをでたとすれば、約束の時間に実家に帰り着くことは可能であった。

だが、ショーが終わってすぐ、ホテルをでるのはできそうでできないものだ。

まして、酒巻は楠田が『ホテル瑞祥』といいのこしたことを知っていた。

それだけではない。『ここは天領、飛騨の町』を譲ってもらおうと考えていた。

三十分やそこらの余裕をみるのは常識だった。

いや、それだけではない。

『ここは天領、飛騨の町』の話をするくらいなら、藤代まゆみを独立させることで大日向の力を借りたいという話もできたのではないか。

九日の夜、ホテル瑞祥のディナーショーに出演することは、まえまえから決まっていた話なのだ。

山浦にたのむまでもなかったのではないか。

だとすると、九時に実家で山浦と会うと決めたこと自体、酒巻が仕掛けた罠だったのではないか。

山浦のアリバイをなくさせ、そのじつ、まゆみと酒巻は十三墓峠へ直行したのではないか。

酒巻とまゆみが十時ちょっとまえに実家に着いたというのは、母親の証言なのだ。九日の夜は家族水入らずだったというから、肉親に偽証させることができなくはなかった。

十三墓峠のくだり坂で夕規子の車をとめたのは、藤代まゆみではないか。まゆみに車をとめさせ、酒巻がボウガンで撃った。

智早は凍るような思いを噛みしめ、同時にそれは考えすぎだ、酒巻が夕規子のスケジュールを知っていたわけがない。そう疑問を打ち消した。

4

「これは事件と直接の関係はありませんが、山浦さんはどうしてホテル経営に失敗したんです？」

宮之原は話題を変えた。

「失敗も何も成功する可能性のないものをつくったんですから、こうなるのは目にみえてたんじゃないですか」

大日向は素っ気なくいった。

「山浦さんはホテル経営の素人だったたんですか」

「ひと言でいえばそのとおりですが、山浦さんは嵌められたんですよ」

「誰に？」

「銀行にです」

「銀行？」

「ええ。いまとなると夢物語ですが、いくらでも金を貸す、いや、借りてくださいと銀行がお百度を踏むように懇願してきた時代があったんです。つい十数年ほどまえのことですが……」

大日向はにこりと微笑をうかべた。

サンショウウオのような顔つきだが、笑うと目に愛嬌がうかんだ。ひと懐っこい笑顔だった。

大日向はつづけた。

「わたしもそれにやられました。いまでも三百億の借金を背負っています。思いだすとはらわたが煮えくり返りますが、山浦さんはわたしより五つ年下ですから、当時三十そこそこですね。国府町に五百町歩ほどの山を持ってましてね。それを担保にいくらでも貸す、中部日本随一のリゾートホテルをつくったらどうだ、全面的にバックアップする、と銀行にそういわれたそうです。三十そこそこで、銀行にそこまでいわれると、舞いあがって不思議ありませんよ」

「しかし、銀行はその負債をそっくり引っ被ったんじゃないですか」

「引っ被りましたが、国が公的資金を投入して、チャラにしてくれるでしょう。わたしに三百億の借金を背負わせた銀行の支店長は、現在、副頭取になっています。山浦さんに貸しだしたひとも似たようなものじゃないですか」

智早は息を飲んで大日向をみつめた。

山浦は百七十億円の借金を抱えて倒産した。

百七十億円というのは智早には想像もつかない金額だが、銀行にとっては単なる数字なのだろうか。

智早には想像のつかない世界のようであった。

大日向はつづけていった。

「銀行ってのは無能で無責任なひとたちの集団ですね。銀行だけじゃない。銀行を監督した大蔵省も、その大蔵省をチェックするはずの政治家も、みんな、無能で無責任ですよ。日本を経済大国にしたと威張ってましたが、なんのことはない。右肩あがりの経済成長と、国家という権威で仕切っていただけのことで、右肩あがりが崩れたとたんに、無能をさらけだしました。そうでしょう。はやい話がこのホテル瑞祥です。銀行はこのホテルに貸した金を回収するノウハウを持ってないんです」

「あなたは持っているようですね」

「いえ。わたしが持ってるわけじゃありません。やくざ屋さんが持ってるんです」

「あなたもそのひとりじゃないんですか」

「とんでもない。わたしは銀行に嵌められて三百億円の借金に苦しんでいる哀れな男です」

「やくざはどういうノウハウを持ってるんです?」

「単純なことですよ。世間のひとたちはやくざのことを暴力団と呼んでますね。三十年ほどまえまでは極道といい、やくざといいました。暴力団というネーミングにしたのは警察です。博徒、テキ屋、愚連隊、それらをひっくるめて暴力団と名づけた。あげくは暴力団対策法という法律までつくって、やくざを世の中から抹殺しようとなさった」

大日向の目からは微笑が消えていた。サンショウウオのような細くて鋭い目になっていた。

「ここ三十年ほど、やくざは受難の連続でした。まず、やくざの生業だった博打を取りあげた。競馬、競輪、競艇、オートレース、パチンコ、宝くじと、日本中に政府公認の博打場をつくって、やくざの生業を奪った。博打だけじゃないですよ。興行もそうなら、縁日の露店もそうです。フーテンの寅さんは国民栄誉賞だが、現実の露店はいけない、あれは暴力団だと、あんまり脅かすものだから、祭りがさびれてしまったこともありました」

宮之原はだまって缶ピースから一本をつまみだし、火をつけた。

「農家が減反をするときは補助金がでる。海が埋め立てられて、漁業ができなくなるときは補償金がでます。ところが、暴力団はビタ一文もらうことなしに既得権をうばわれつづけてきたんです。そういう立場に追い込まれてごらんなさい。生き残るのに必死で、知恵のかぎりを絞りますよ。つまり、暴力団は必死の思いで生き残るためのノウハウを蓄積してきたのです」

大日向のずんぐりした小柄のからだから、精気のようなものが立ちのぼっていた。

「一方、政官財界に象徴される日本のエリートたちは、なんにも努力してきませんでしたね。それが三十年以上つづいたんです。三十年はおおきいですよ。三十年必死でもがきつづけてきた、いいかえれば勉強してきた暴力団と、惰眠をむさぼってきた政官財界と、どちらが世の中の仕組みに精通したか、考えるまでもないでしょう。いまの日本で金融にもっとも強いのは、暴力団です。彼らはむずかしい経済の理屈は知りませんよ。ですが、三十年間の体験で得たノウハウがある。銀行や官僚や政治家はノウハウを持ってない。面倒な問題が起きると先おくりをして、責任を回避することしか知らない。先おくりも責任の回避も暴力団にとっては、絶好のつけ込む隙でしてね。このホテル瑞祥のケースでいいますと、銀行は先おくりしたが、経営者の山浦さんは資金のやりくりを先おくりできません。そこに暴力団が食い込んだんです。わたしはそのひとたちに、お引き取りいただきました。命がけの仕事でしたが、これはホテル瑞祥にかぎったことじゃないですよ。日本中の不良債権という不良債権に共通してます。政府が何十兆円の公的資金を投入しても、銀行が命がけで暴力団を引き取らせる努力をしないかぎり、不良債権を整理することはできないでしょうね」

大日向は話しおえると、冷めたコーヒーを苦そうに飲んだ。

智早は宮之原をみつめた。

大日向の話したことは、まったく理解できなかったが、ホテル瑞祥を例にとると、おぼろげにわかる。

百七十億円の負債を抱えて倒産したホテル瑞祥を、大日向は一億円ちょっとで手に入れた。

つまり、暴力団が食い荒らしていたのは一億円で、それを整理した大日向はホテル瑞祥を手に入れた。

銀行がその一億円を整理していれば、ホテル瑞祥は銀行が手に入れた。銀行は一億円を整理しなかったばかりに、百六十九億円の損をした。そう考えてよさそうであった。

大日向はコーヒーカップを置くと、

「そういうわけです。事件については岐阜県警の草壁さんという方に、わたしの知ってることはすべてお話ししてあります。西脇さん、一両日中にお返事をください」

そういうと名刺を差しだした。

名刺には大日向の直通電話の番号がボールペンで書かれてあった。

5

レストランをでると、智早は、

「銀行はホテル瑞祥に貸したお金をまったく回収できないんですか」

と、宮之原にたずねた。

「いや。いくら銀行が無能でも、そこまで気前がよくはないですよ。大日向が腕を振るうのはこれからです。百七十億を百億にするか、五十億にするか、損切りをするわけです」

宮之原はこたえた。

智早はいくらかホッとするものを感じたが、

「でも、日本中の不良債権が似たようなものなんでしょう。命がけの交渉というのを、誰がやるんですか」

と、宮之原をみつめた。

「むずかしいでしょうね。というのは、銀行も政治家も官僚も、上辺はともかく、裏でやくざと手をにぎってきましたからね。バブルのとき、地上げというのがあったでしょう。やくざを利用したつもりでいたんでしょうが、いまの話だと、相手は三十年にわたってノウハウを蓄積してきた。そのノウハウのなかには、一度手を組んだ相手の弱点をつかんで離さないというのもあったはずです」

「じゃあ、どうすればいいんですか」

「命がけで暴力団を排除しなければならない。それは警察の仕事なんだが、暴力団と手を組んだ銀行や政治家や官僚が責任を取らないで、警察にそれをやれといわれても、わたしはやる気になれませんよ。国が公的資金を投入するんだ。暴力団と手を組んだ政官財界人は全員、責任を取って辞任する。太平洋戦争が終わったとき、戦争にかかわった偉いひとたちは全員、パージといって、追放されたんだが、それくらいのことをしなければ、大日向がいったとおり、解決しないんじゃないですか」

宮之原はいった。

「………！」

智早は息を呑んで、だまり込んだ。

それくらい大変なことなのはわかるが、智早の理解を超えていた。

ホテル瑞祥をでた。

助手席にすわった智早は、

「捜査、どうなるんですか」

と、たずねた。

「いったん高山へもどりましょう」

宮之原はそういい、車をスタートさせた。

「藤代まゆみと酒巻ってマネージャーを事情聴取しないんですか」

「したいんだが、今日明日は札幌にいます。楠田さんの奥さんの話を聞くことにします」

宮之原はそういい、

「大日向の話を聞いて、ひとつ疑問を感じたんだが、ホテル瑞祥は東山芸能の歌手をつかってましたね」

と、たずねた。

「ええ。夕規子は山浦社長のころよりも、稼ぎやすくなったと話してました」

智早はロビーでみかけたおジイちゃんやおバアちゃんを思いうかべながらいった。

健康ランドのムードだった。

おひねりが乱れ飛ぶようになったのだろう。

「東山芸能は芸能名鑑のようなのに広告をだしてるでしょう」

「ええ……」

智早はうなずいた。

ホテルや健康ランドやクラブに配る宣伝用のパンフレットのことだ。

東海北陸地区とか関東地区など、それぞれの地域でオールカラーの〝芸能名鑑〟が発行されていて、そこには東山芸能のような芸能事務所がずらりと広告をだしている。

芸能事務所がページを買い、所属しているタレントの写真と芸歴を掲載し、ホテルや健康ランドはそれをみて、タレントの派遣を要請してくるのだ。

「あなたが所属してる芸能事務所もだしてますね」

「ええ……」

「それなら、東京界隈の健康ランドなりキャバレーなりに問い合わせたら、あなたがなんという芸能事務所に所属してるか、簡単にわかるんじゃないですか」

「それはそうですけど……」

「やくざは興行につよいんです。健康ランドに聞くまでもなく、やくざがやってる芸能事務所があるでしょう」

智早は声を飲んだ。

そのとおりであった。智早が所属している芸能事務所はそうではないが、それでもやくざとまったく無縁とはいいきれない。

ネオンと暴力団はつきもののようなもので、大日向が智早とコンタクトを取るつもりなら、問い合わせる先はいくらでもあった。

「じゃあ、大日向さんはデビューの話に気がなかったんですか」

智早はドキッとする思いでたずねた。

「そうじゃないと思いますが……」

「どうして、連絡をくれなかったんです?」

「別れ際にあなたに名刺をわたしましたね。大日向の直通電話の番号が書き込んであった。そのことから考えて、大日向はあなたの話を秘密のうちに進行しようとしてるんじゃないか。わたしはそう感じたんですが……」

「秘密って、誰に秘密なんです?」

「それはやくざ仲間に、ですよ」

「どうして秘密にしなきゃならないんです?」

「それを知りたかったから、ノウハウとかという能書きを拝聴したんです。それで感じたんだが、大日向はたしかに遣り手です。いくつかのゴルフ場を立て直し、ホテル瑞祥も再建軌道に乗せた。しかし、ゴルフ場もホテルも大日向のものではなくて、スポンサーのものです。いずれは売りはらうでしょう。そうなると、大日向の手元には何ものこらない。じゃあ、スポンサーから離れて、ひとりになった大日向に何ができるかとなると、今度はホテル瑞祥のようには行かない。裏世界のマネージャーとしては遣り手でも、堅気の社会では大日向のいうノウハウは通用しない。大日向が利口なら、いまのうちにスポンサーに秘密で、自分の指定席をつくっておくことだ。わたしならそうする。そう思ったんです」

「その指定席がわたしなんですか」

智早は悲鳴をあげるようにたずね返した。

デビューしたいのは山々だが、サンショウウオのような大日向に取りつかれるのは真っ平であった。

それだとデビューと引き替えに〝おんぶお化け〟を背負い込むようなものであった。

「まさか。大日向はそんな甘い男じゃなさそうだ。あなたをデビューさせるのは、大日向の計画の一部にはちがいないが、もっとおおきいことを考えていたんだと思う」

「おおきいことってなんです？」

「たとえば、楠田さんを東京に進出させて、東山芸能なんかじゃなく、プロダクションをつくらせるとか……」

「じゃあ、その秘密がばれて、楠田社長が……」

智早は宮之原をみつめた。

背筋が凍った。

もし、そうだとしたら、智早もあぶないのではないか。

「それを、奥さんに聞いてみましょう」

宮之原はそういうとアクセルを踏み込んだ。

国道と並行した高山本線を下りの《ワイドビューひだ》が通過して行った。

今朝は晴れていたのに、小雪が舞いはじめている。

陰鬱に垂れ込めた飛騨の空が、捜査の前途を暗示しているかのように不吉なものを感じさせていた。

6

楠田の家は高山の市内、宮川沿いの本町にあった。

アーケード商店街になっている本町通りの一本裏、地元客相手の飲み屋と気軽に利用できるレストランにはさまれて、むかしからの民家の玄関を、事務所に改装した家であった。

宮川の向こう側は高山のシンボル・三町筋で、楠田の家のすぐ裏手が高山陣屋であった。

飛騨は江戸時代のなかごろ、天領になった。

幕府の直轄領のことで、代官が政務にあたった。

その代官所が高山陣屋であった。

テレビドラマの『水戸黄門』にでてくる代官は、ワルと相場が決まっているが、現実は逆だったらしく、高山は天領になってから栄えた。

幕府の直轄になったことで、飛騨は〝一国御林山《いっこくおんはやしやま》〟としての林業開発が強力におこなわれ、三町筋を中心に材木商が盛んになり、その財力が高山祭の豪華絢爛とした山車《だし》を生むようになっていった。

宮之原と智早が東山芸能にはいって行くと、電話を受けていた瑠璃子が、

「あらっ……」

と、いうように目をみはった。

文化会館のロビーでみかけたときは夜叉のように血相を変えていたが、もともとが日本人離れした美貌の瑠璃子は、事件から十日ちかくが経ち、ひとりで東山芸能を切り盛りしていかなければならないせいか、年齢よりはふたつ三つ若くみえた。

智早とちょうど十歳ちがいの三十七歳であった。

「畏まりました。二月十一日、夜の六時と八時開演。男女ひとりずつ、演歌中心でございますね。お気に入っていただけます歌手を派遣させていただきます」

瑠璃子はそうこたえて受話器を置くと、

「どうしたの?」

立ってきて智早の手を取り、紹介してというように宮之原へ目をながした。

「警察庁の宮之原警部さんと仰《おっしゃ》って、昨日からずっとご一緒してるんです」

智早はそう紹介し、

「宮之原といいます」

「失礼いたしました。楠田瑠璃子でございます。どうぞ……」

瑠璃子はソファーをすすめた。

「早速ですが、ご主人から西脇さんをデビューさせるという話をお聞きになってましたか」

宮之原はソファーに向かい合ってすわると、そうたずねた。

「いいえ」

瑠璃子は寝耳に水といった表情になり、智早へ顔を向けると、

「そんな話があったの？」

怪訝そうにたずねた。

「お聞きになってませんでした？」

智早は面食らった思いで瑠璃子をみつめた。

智早のほうからたのんだわけではないし、瑠璃子に隠して話をすすめたわけでもない。楠田が話さなかったことが意外だった。

ただ、そうなると、五日の夜、高山にきていたことが話しづらくなった。

文化会館で楠田の事件を目撃しながら、瑠璃子にお悔やみも述べずに東京へ帰った

のは、そんな取込み中に、デビューのことを話題にするのは不謹慎だと思ってのことだったが、楠田が話していなかったとなると、瑠璃子に隠して話を進行させていたようで話の接ぎ穂をうしなった思いであった。

宮之原は様子を察したらしく、

「ご主人はどうしてお話しにならなかったんですかね。ご主人が作詞をなさって、ホテル瑞祥の大日向さんというひとに話が持ち込まれていました。西脇さんをその大日向さんに紹介する予定だったようですが、お聞きになってなかったんですか」

と、いった。

「あなた、ホテル瑞祥のひとと、いつ会う予定だったの？」

瑠璃子は智早に顔を向けた。

「わたしは何も聞いてなかったんです。社長から早急に高山へくるようにってファックスをいただいて、五日の夕方、高山へきたことはきたんですが……」

「じゃあ、主人があんなことになったとき、高山にいたの？」

瑠璃子の表情がけわしくなった。

「奥さん、わたしから説明しましょう。西脇さんは高山駅で八巻夕規子さんと落ち合い、ここへきて楠田さんと会うつもりだったんです。ところが、たまたま文化会館で藤代まゆみのショーがおこなわれていた。八巻さんがその会場に楠田さんは行ってるはずだといったので、文化会館へ行ったんです」

宮之原がいった。

「そういえば、夕規子が変なことをいってると思ったけど、そのことだったのね」

瑠璃子はうなずき、

「で、その話はどうなったの？」

と、智早にたずねた。

「それが、片平圭悟先生の作曲で、メロディーもできてましたけど……」

智早は何からどう話してよいのかわからなかった。

「作曲までできてた？　どこに？」

瑠璃子がたずねた。

「大日向さんのところにとどいてました。でも、わたし、デビューの話で大日向さんと会ったんじゃないんです。警部さんと一緒に捜査でホテル瑞祥を訪ねたら、たしかに社長から相談を受けた、このとおりだって、社長がおつくりになった詞と、片平先生の曲を聞かされたんです」

「主人、どうしてそんなことを隠してたのかしら」

瑠璃子は智早の目をさぐった。

智早と楠田のことを疑っている目だった。

「いいえ。そんなことは一切ありません。ここ何年、社長とお会いしたこともないんです」

「そんなこと、いってないわよ。あなたをデビューさせるのを、主人はどうして、わたしに内緒にしてたのかしら……。内緒にしなきゃならないような話じゃないでしょ。主人、隠し事のないひとでしたけど……」

瑠璃子はあとのほうを宮之原にいった。

「すると、大日向さんに秘密にしてくれといわれたんですかね」

宮之原は瑠璃子と智早を等分にみつめ、つぶやくようにいった。

「その方、秘密にしなければならないようなことがあったんですか」

瑠璃子が宮之原にたずねた。

「いや……」

宮之原も返事につまり、

「奥さん、ご主人からまったく何も聞かれなかったのですか」

確認するようにたずねた。

「はい。わたしは聞いておりません」

瑠璃子はちょっと気色ばんでこたえた。

色の白い頬がこわばっていた。

日本人離れした美貌なだけに、唇をきっとむすぶと、凄艶な表情になった。

「まいりましたね」

宮之原はめずらしく戸惑った顔になり、

「ご主人は亡くなられるときに、『ホテル瑞祥』といいのこされた。それで、昨日、山浦さんを訪ね、今日はホテル瑞祥の実質的な社長の大日向さんを訪ねたんです。すると、いまお話ししたように西脇さんのデビューの話が、かなり煮詰まっていることを知りました。ご主人が内緒で、話をすすめておられたのは、奥さんにとっては不愉快なことかも知れません。西脇さんにとっては人生を左右する問題です。しかし、第三者からみると、下積みの歌手がＣＤを吹き込む、それだけの話です。そのためにふたりもの人間を殺すほどのことはないはずです。これは個人的な怨恨から起きた事件だと思うんですが、西脇さんをデビューさせる話を知っていたのは、大日向さんと八巻さん以外にはいなかったんですね」

と、たずねた。

「警部さん、片平先生がいます。それに、片平先生から聞いて藤代まゆみのマネージャーの酒巻さんも知ってました」

智早はいった。

大日向は智早のデビューを妨害するまでもなかった。楠田が持ち込んできた話をことわればよかった。

片平圭悟も妨害する理由はないはずであった。

のこるのは藤代まゆみと酒巻。そのふたりしかいない。

まゆみにとって、智早がデビューすれば商売敵になる可能性がある。酒巻もおなじ理由で智早をデビューさせたくないと考えて不思議はない。

現に、『ここは天領、飛驒の町』をまゆみにくれと大日向に申し入れている。

しかも、酒巻は楠田が殺されたときはステージの裏にいた。

夕規子が殺されたときのアリバイも肉親しか証明できない。

問題は夕規子を殺した理由だが、それは夕規子に何かをつかまれたからではないか。

夕規子は楠田が殺されたとき、智早の横にいた。

夕規子がみたものは智早もみている。

楠田を殺した犯人を夕規子が知っていたとは思えない。

とすると、夕規子がつかんだ何かとは、五年まえに藤代まゆみがデビューしたときにあった何かではないのか。

夕規子はまゆみのことを、びんぼうかずらだといった。

山浦の話を聞いて、まゆみがワルだったのではなく、すべてを画策したのは酒巻だと知ったが、酒巻は何か重大なことを楠田ににぎられていたのではないか。

楠田に生きていられると、いつ暴露されるかも知れない重大な何かがあり、夕規子はそれを知っていたのではないか。

「ひとつ、聞かせてください」

宮之原が瑠璃子にいった。

「……？」

「藤代まゆみさんは楠田さんが作詞した『奥飛騨悲歌』でデビューしましたね。そのときはトラブルがなかったのですか」

「さあ……」

瑠璃子はちょっとかんがえ、

「なかったと思います。まゆみのときは山浦社長がスポンサーでしたから、山浦社長から話があれば楠田は、承諾するしかなかったんじゃないですか」

と、こたえた。

「ご主人は文化会館で藤代まゆみに花束を贈ることになってましたね」

「それは、マネージャーの酒巻さんから、お話があったんです。その代わりといってはなんですが、うちの歌手を五人、つかってくださるという……。いまの藤代まゆみクラスの歌手になると、ギャラをはらってうちなんかの歌手に歌わせるなんて、めずらしいんですよ」

「そうなの？」

智早はおどろいてたずねた。

「そうよ。ギャラをはらうまでもなく、お金をはらってでも歌わせてほしいってひとが、いくらでもいるもの……。カラオケを教える先生がいるでしょ。そこがあいだにはいって紹介するのよ。藤代まゆみクラスになると、バンド代ぐらいはそういう出演者のご祝儀でまかなっちゃう。そのうえ、文化会館のショーだけじゃないわね。あの夜は六時から、高山グランドホテルで、ディナーショーがあった。そっちで稼いでるあいだ、『ふるさとスター・ショー』で場をつなぐんだけど、ふるさとスターなんて、いまどき掃いて捨てるほどいるもの……」

瑠璃子はこともなげにいった。

いわれてみると、そのとおりであった。

カラオケの普及が、歌を聞くものではなく、歌うものにさせた。

カラオケで自信を持ったひとにとって、オーケストラの伴奏で、満員の客のまえで歌うのは夢なのだ。

それも、郷土のスター藤代まゆみとの共演。

ひとり十万円をはらってでも歌いたいという志望者が、いくらでもいる時代であった。

「すると、藤代まゆみはなぜ、こちらに義理をはたしたんです？」

宮之原がたずねた。

「高山は古い町ですから、山浦社長がスポンサーだったことを知ってるひとがいます。ホテル瑞祥があんなことになりましたでしょう。主人が花束を贈れば、まゆみはうちから巣立っていったというイメージになるんじゃないですか。ホテル瑞祥を食べたんじゃない、楠田が世に送りだした、そう印象づけたかったんだと思います」

そういった瑠璃子はあっという表情になり、

「これは楠田とはなんの関係もないことなんですが、まゆみはいろいろと男性関係がおおかった女性で、山浦社長のお世話になるまえは、国府町で電気屋をしていた一ノ瀬というひとに援助してもらってたんです」

と、いった。

智早はえっと思った。

一ノ瀬とは会ったことがないが、カラオケに入れあげたあげく〝ふるさとスター〟になり、東山芸能に所属していたと、夕規子から聞かされた。

瑠璃子は智早の表情に気づき、

「あなたが東京へでて行ったあとで、東山芸能がマネージメントすることになったひとよ……」

と、いった。

どうして一ノ瀬を知っているのかという目になっていた。

「夕規子から聞いたんです。いえ、まゆみさんとのことじゃなくて、夕規子はカラオケに入れあげて、電気屋を倒産させたって話してましたけど……」

「そうだけど、まゆみと関係があったことも事実らしいわ。国府町では結構、噂になってたみたい」

瑠璃子はそういい、

「まゆみは一ノ瀬のこともなかったことにしたかったんじゃないかしら。一ノ瀬はまゆみのマネージャーと高校の同級だったとかで、文化会館のショーに一ノ瀬をだしてくれって指名してきた。いってみれば一ノ瀬を出演させたのは手打ちみたいなものだったかも知れない。主人の花束贈呈は、そういう意味もあったんだと思うんです」

と、うなずいた。

藤代まゆみがデビューしたとき、週刊誌がスキャンダルを書き立てた。

あれは週刊誌が書き立てたのではなく、週刊誌を買収して書かせたんだと夕規子はいったが、スキャンダルはほんとうだったのだ。

自殺こそしなかったが、倒産に追い込まれた男がいた。

夕規子は東山芸能のふるさと歌手のまゆみにマネージャーなんかいるわけがないと

いったが、酒巻がついていた。

酒巻はまゆみと一ノ瀬を引き離し、山浦に紹介したらしい。

しかも、その山浦を手玉にとって、まゆみをデビューさせ、自分がまゆみの内縁の夫になった。

智早の胸のなかに、藤代まゆみの男好きのする甘いマスクがうかびあがっている。

まゆみがびんぼうかずらなのか、酒巻がそうなのか。智早の胸のなかで、どす黒いものが渦を巻いている。

第5章　国府《こくふ》町・雪の吹き溜まりで死んでいた男

1

「どうも、わからない」

東山芸能をでた宮之原は、高山陣屋のほうへ歩きながら、首をひねった。

「酒巻ってマネージャーがあやしいんじゃないですか」

智早は宮之原をみつめた。

「しかし、酒巻はマネージャーでしょう。楠田さんの事件が起きたとき、幕袖でショーの進行をみていたんです。これはまちがいないんだ」

「でも、誰かにたのんだとか……。ショーの最中にフライロフトからボウガンで撃ったんですから、まえもって足場を用意しておかないと、撃つことはできなかったと思うんです……」

酒巻ならできたはずだ。

智早は酒巻にとらわれていた。

「用意はできたでしょうが、それだと楠田さんはどうして『ホテル瑞祥だ』といったんです。酒巻はたしかにホテル瑞祥と関係してましたが、楠田さんが苦しい息のしたで、五年もまえにはたらいていたことを、いいのこそうとしますか。楠田さんがいった『ホテル瑞祥』は、あなたの歌のことだと思うんだが……」

宮之原はそういい、左手の宮川のほうへ目をやった。

橋のたもとが日枝《ひえ》神社の御旅所《おたびしょ》であった。

うごく陽明門といわれる豪華絢爛な山車でよく知られる高山祭は、春と秋の二回おこなわれる。

春は日枝神社の、秋は櫻山八幡宮の例祭で、祭りの主役は屋台行列だと思われているが、じつはそうでないことを、智早は高山に住んで知った。

屋台行列は祭りのアトラクションのようなもので、メインは神輿《みこし》の渡御であった。日枝神社を出発した神輿は、裃《かみしも》をつけた氏子《うじこ》に警護されて町内を練りあるく。神輿には日枝神社の神さまが、お乗りになっていて、年に一度、神社から外出し、町内を視察してまわられるのだ。

その神輿が祭りの期間、滞在する場所が御旅所で、屋台行列はその神さまにみていただく余興のようなものであった。

これは京都の祇園祭などにも共通していて、四条河原町の高島屋の西隣に、八坂神社の御旅所があり、そこだけはビルの建ち並ぶ繁華街のなかで、おごそかというか無気味なムードで、静まり返っている。

高山陣屋のまえの広場では、地元農家のおばさんたちが、朝市のあと片づけをしていた。

高山陣屋の朝市で
おとなになったら恋をしようね、と
あなたは　いった

智早は胸のなかで『ここは天領、飛驒の町』をつぶやいた。

智早さえうんといえば、デビューできる。

その思いが胸をしめつけている。

「楠田さんは『ホテル瑞祥だ』といったあとで、『やりきれない』といったんでしたね。苦しくてやりきれない、こんな事件で死んでいくのはやりきれない……。いろいろ考えたんですが、いまわの際の言葉にしては、いまひとつ納得できないんだが、聞きまちがいじゃないですね」

宮之原がいった。

「いいえ、はっきりいいました。こんな事件で死んでいくのはやりきれない……。そういいたかったんじゃないですか」

「しかし、『ホテル瑞祥だ』といったあとですよ。楠田さんはなぜボウガンで撃たれたのか、その理由をいおうとしたはずなんだ。その理由は『ホテル瑞祥』にある……。だが、『ホテル瑞祥』だけではいい足りなかった。だから『やりきれない』といい足したはずです。苦しくてとか、こんな事件で死ぬのはとかといってる場合じゃなかった。ホテル瑞祥の誰か、もしくは何かということをいいたかった。わたしはそう思うんだが……」

「そうですけど……」

智早は楠田の最期を思い返した。

〈社長、何があったのよ〉

夕規子が楠田の肩をゆすり、楠田はかすかに目をあけて、

〈ホテル瑞祥だ〉

と、かすれた声でいい、それがよくなかったのか激しく吐血した。

〈ホテル瑞祥って、下呂温泉の瑞祥のこと?〉

夕規子が再度そうたずね、

うと、

〈そうだ……〉

楠田はかすれた声でうなずき、夕規子のうしろからのぞき込んでいる智早と目が合うと、

〈やりきれない……。やりきれない、ね〉

はっきりといい、その直後にガクッとからだから力が抜けた。

「警部さん、まえにも話しましたけど、社長が『ホテル瑞祥だ』といったのは、わたしにじゃなくて、夕規子にいったんです。そのあとで、わたしと目が合うと、『やりきれない……、やりきれない、ね』と二度いったんです」

「それは聞きましたよ。『やりきれない、ね』といったニュアンスは〝やりきれない、だよ。わかったね〟といったようだったんでしょう」

「ええ……」

「だから、『やりきれない』は何かを意味していると思うんです」

「すると、『やりきれない』って誰かの渾名《あだな》かなんかなのかしら」

智早は首をかしげた。

会話のやりとりからいけばそうなるが、『やりきれない』という渾名があるとは思えない。ホテル瑞祥のなかにそういう部署があるとも思えなかった。

「渾名じゃないでしょうが、『ホテル瑞祥』はあなたのデビューのことをいったと考

えてまちがいないはずです。それにつづく『やりきれない』は何をいいたかったのか……。昨日と今日の捜査でわかったのは、大日向が仲間に秘密で進めていたことと、楠田さんが奥さんに話してなかったことです。このふたつは関係があるのかどうか……」

宮之原は思案するようにいった。

「大日向さんが社長に秘密にしろといったんじゃないですか」

「しかし、奥さんにまで秘密にすることはないでしょう」

「ええ……」

「片平という作曲家に問い合わせてみますか」

宮之原はそういうと、すぐちかくにあった電話ボックスへ歩み寄って行った。

片平圭悟の電話番号をどこで調べるのだろうかと智早は不思議に思ったが、受話器をもった宮之原の顔色が変わった。

宮之原はすぐに受話器をフックにもどし、急ぎ足に智早のところへもどってくると、

「国府町で男の遺体が発見されたそうです。それがどうやら一ノ瀬らしい。草壁さんが現場へ行ってます。行ってみましょう」

と、車をとめてある駐車場へ向かった。

2

「一ノ瀬友也だとしたら、わたし、大変なことをいいそびれていたことになります」

国府町へ向かう車のなかで、智早は宮之原にいった。

「何をいいそびれてたんです？」

宮之原がたずねた。

「わたし、夕規子が国府町へ行ったと聞いて、一ノ瀬友也を思いうかべたんです。でも、山浦さんが国府に住んでると聞いて、じゃあ、ちがうのかなと思ったんですが……」

「夕規子さんは一ノ瀬と親しかったのですか」

「いいえ、そうじゃないと思います。ただ、楠田社長の事件があったとき、夕規子が一ノ瀬さんのことを話してたので……」

「それなら、昨日、一ノ瀬の家へ寄ったとしても、会えなかったはずですよ」

「どうしてです？」

智早は宮之原をみつめた。

「行ってみなきゃわからないが、昨日今日、死んだんじゃないと思う。雪の吹き溜まりで発見されたそうですから、死んでから四、五日は経ってるんじゃないかな」

「四、五日っていうと……」

智早は息をつめた。

夕規子が殺されたのは六日まえであった。

一ノ瀬が死んだのはそれと関係があるのか。自殺なのか他殺なのか。もし、他殺だとしたら、夕規子と一緒に殺され、別の場所に遺棄されたのではないか。

智早の胸にさまざまな思いが駆けめぐっている。

宮之原の運転する車は国府町にはいった。

国道の左右の山がせばまってきて、左手をながれている宮川がほぼ直角にまがり、国道も川の向こう側をはしっている高山本線も、おおきくカーブする。

対岸が昨日、訪ねた山浦の家がある村山地区であった。

車は宮川をわたってバイパスにはいり、国府町の市街地を通過したところで、もう一度宮川をわたり、十三墓峠へ向かう県道にはいった。

すこし走ると人家が絶えた。

そして、峠道にかかる山麓までくると、県道に警察の車両が数珠つなぎにとまっていた。

農家がちらほらと散在しているのがみえ、十三墓というバス停の先に制服警官が立って、車両の進入を制限していた。

「警察庁の宮之原といいます」

宮之原は警察手帳をみせた。

制服警官ははじかれたように直立不動の姿勢で敬礼をし、

「どうぞ。現場は百メートルほど先であります」

と、告げた。

宮之原は脇道へ車を乗り入れた。

道は急にせまくなり、道路脇に積もっている雪が深くなった。

その道の行きどまりに警察の車両が五、六台とまっていた。

「あなたは車のなかにいなさい」

宮之原はそういって車を降り、車両の先で現場検証をしている捜査員のほうへ歩いて行った。

十三墓峠へ通じる県道は除雪されているが、捜査員が現場検証をしているあたりは、雪がうずたかく積もっていた。

谷がせばまり木立が鬱蒼としている。

バス停の名前が十三墓だったから、この道は合戦で討ち死にした武将たちの墓につうじる道なのではないか。

そう思うと凄惨なものが、ただよっているように感じる。
五、六分して、宮之原は草壁と一緒にもどってきた。
草壁がうしろの座席に乗り、宮之原は車をバックさせて県道へでた。

「自分は東山芸能の楠田社長が殺されたとき、文化会館で一ノ瀬友也を事情聴取しましたので、たぶんまちがいないと思い、町のひとに確認してもらったのですが、やはりそうでした」

県道へでると草壁がそう告げた。

「あれは毒物死だね。青酸化合物だと思う」

宮之原がいった。

「自分で飲んだんですかね。それとも……」

草壁はからだを乗りだして、運転席の背もたれをつかみながら、息を飲んで宮之原をみつめた。

「自殺じゃないよ。あんな場所で毒を飲み、そのうえ、吹き溜まりの雪のなかへ飛び込む人間はいない。だいいち、自殺ならこのちかくに車が乗り捨ててあるはずだ」

「そうしますと……」

宮之原がいった。

「死後、五、六日は経過している。八巻夕規子が殺された夜、一緒に殺されたはずだ」

「しかし、ボウガンでなくて、毒殺したのは？」

草壁がたずねた。

「一ノ瀬はボウガンをやってましたか」

「いえ。それはまだ調べておりません」

「一ノ瀬は藤代まゆみと関係があったんだ」

「えっ？」

草壁はおどろき顔になった。

「楠田さんの奥さんから聞いたんだ。一ノ瀬は高校で酒巻と同級だったそうだ。酒巻はまゆみを一ノ瀬から引き離して、ホテル瑞祥の山浦社長に紹介した。引き離したのか二股《ふたまた》をかけさせたのか、そのあたりのことは酒巻とまゆみに聞くしかないが、一ノ瀬では食い足りなかったんだろう。それはいいとして、一ノ瀬がボウガンをやってたとしたら、おおよその想像はつく」

宮之原はそういい、智早へ目を向けた。

智早にも想像がついた。

九日の夜、夕規子が新穂高温泉の山水荘の帰りに国府町へ行くといっていたのは、一ノ瀬を訪ねるつもりだったのだ。

夕規子は山水荘で〝両面宿儺〟のことを口にしていたというから、楠田を撃った犯人は〝顔がふたつある人物〟だと当てをつけていたのだと思う。

顔がふたつある人物とは藤代まゆみのことではないか。

夕規子は一ノ瀬とまゆみの関係を知らなかったから、一ノ瀬に聞きたかったのは、事件当日、文化会館の楽屋で、まゆみやマネージャーの酒巻がどんな行動をみせたかだと思う。

夕規子は楠田が事件にあい、智早のデビューの話がつぶれたと思ったとき、かえってよかったかも知れないといったが、あれは慰めてくれたのであって、本心は、デビューをつぶしたのは誰なのか、犯人を突きとめようとしたのではないか。

一ノ瀬の話を聞けば、まゆみと酒巻の犯行を暴けると考えたのではないか。

ところが、楠田を撃ったのは一ノ瀬であった。

一ノ瀬は犯行をみ抜かれたのだと思い、夕規子がくることをまゆみに知らせた。

九日の夜、ホテル瑞祥のディナーショーのあと、高山の酒巻の実家に着いたまゆみは、迎えにきた一ノ瀬の車に乗り、十三墓峠へ行った。

一ノ瀬の車から降りたまゆみは、十三墓峠の急な下り坂のカーブに立って、夕規子が降りてくるのを待った。

夕規子はそんなことは知らず、十三墓峠の下り坂で、車のライトに照らしだされたまゆみをみて、何があったのかと思い、車をとめた。

まゆみへ歩み寄った。

その夕規子へ一ノ瀬がボウガンを発射した。

首を射抜かれて倒れた夕規子。

何くわぬ顔で車へもどったまゆみ。

〈ありがとう、これで助かったわ〉

まゆみはこぼれるような色気をたたえて、礼をいい、毒のはいった缶ジュースか何かを一ノ瀬に差しだした。

いや、まゆみのことだから、一ノ瀬の胸にすがってキスをせがんだかも知れない。口のなかに毒を仕込んだカプセルを含んでいて、口移しに一ノ瀬に飲ませた。カプセルではなくて、なかをくり抜いたドロップに毒をつめておいたのかも知れない。

車はまゆみが運転して十三墓峠の坂をくだった。くだる途中、胃のなかで毒が溶け、胃液と反応して一ノ瀬は激しい痙攣におそわれ、絶命する。

十三墓峠の坂をくだり切ったところで、まゆみは車を脇道へ乗り入れる。現場に車をとめ、助手席のドアをあけ、絶命した一ノ瀬を雪の吹き溜まりへ突き落とす。

車をバックさせて県道にで、国府の一ノ瀬の家に車を返す。そこには酒巻が迎えにきていて、高山の実家へもどる。

智早の脳裏にはそうした一連のシーンがテレビドラマの映像のようにくっきりとうかびでていた。

3

智早が自分の推理を話すと、

「するどいですね」

宮之原は微笑をうかべ、

「大筋ではそういうことだ」

と、草壁にいい、

「ただ、そうしたのが藤代まゆみかどうかは疑問ですね。山浦さんの可能性もあるし、大日向でないと断言することもできない。とりあえず、一ノ瀬の車を確保して、徹底的に検証してください。それと、ボウガンがうまかったかどうかも……」

と、命じた。

「承知いたしました。早速、調べますが、警部はどこにおられますか」

「ホテルにもう一泊しよう」

宮之原は智早へ顔を向けた。

それでいいかという表情であった。

「わたしはかまいません」

「わかりました」

草壁は車から降り、現場へもどって行った。

宮之原は車をスタートさせた。

「山浦さんだと夕規子は車をとめなかったんじゃないですか」

智早は宮之原に話しかけた。

「それはわからないでしょう。夕規子さんが訪ねる予定だったのは山浦さんかもしれない。何しろ相手は両面宿儺だ。表の顔と裏の顔をつかいわける達人なんですから……」

「すると、夕規子など会ったこともないといったのは嘘だったんですか」

「いや、わたしがいうのは、夕規子さんが両面宿儺を訪ねる予定だったという意味で、山浦さんが両面宿儺だというんじゃないんだ」

「それはわかりますけど……」

「わたしはむしろ、大日向があなたをデビューさせるのに、なぜ秘密でことをはこんでいたのかというほうが気になる。ホテルから片平圭悟に電話して聞いてみます」

「電話番号はわかるんですか」

「ＮＴＴの番号案内でわかるでしょう。仮に番号案内でわからないとしても、わたしにはデータバンクがついてるんです」

「データバンク？」

智早は呆れ顔に宮之原をみつめた。

データバンクどころか、携帯電話も持っていなかった。

「いや、それはこっちの話だが……」

宮之原は言葉をにごした。

「警部さん、どうして携帯電話をお持ちにならないんですか」

「それはうるさくいわれてるんですがね」

「誰にです？」

「だから、データバンクにですよ」

宮之原は苦笑し、

「わたしは警察庁の広域捜査室所属だが、住まいは京都なんです」

と、いった。

「京都？」

「ええ。警察庁には登庁しない。今度のように事件があれば、随時、出動することにしてます」

「じゃあ、データバンクっていうのは?」

「広域捜査室長のことです。室長はわたしとはちがってコンピューターを自由自在に駆使して、なんでも立ちどころに調べてくれるんです」

「室長って偉いひとなんじゃないですか」

「もちろんです」

「偉いひとがコンピューターをつかって、片平先生の電話番号を調べてくれるんですか」

「そういうこともできるんです」

「なんだか、よくわかりませんけど、警部さんはどうして携帯電話を持たないんです?」

「だから、持つとしょっちゅう呼びだされるでしょう」

「でも、さっきなんか草壁さんに電話をおかけになったからよかったけど、かけなかったら一ノ瀬友也の遺体が発見されたこと、夜までわからなかったんじゃないですか」

「だから、こちらから小まめに電話を入れるようにしてるんです」

「それよりは携帯電話を持ってるほうが便利だと思いますけど……」

智早はおかしなひと、という思いで宮之原の横顔をみつめた。

車の運転が惚れぼれするほど上手いのだから、メカ音痴というわけではないし、ひとつの物事に固執するタイプでもなかった。

現に事件の原因を、智早をデビューさせたくない人物の仕業だとみていたのが、大日向と会ってからは、微妙に変わっていた。

大日向が秘密にことをはこぼうとしているのと、楠田が妻の瑠璃子にも話さなかったことに重点が移っている。

現実に対する対応の仕方や考え方は柔軟なのに、携帯電話を持つことを嫌うのが智早には理解できなかった。

会話がとぎれたまま、ホテルに着いた。

宮之原はフロントでもう一泊する手続きをとり、昨日とおなじようにシングルの部屋をふたつとると、ルームキーのひとつを智早に手わたし、エレベーターに乗ると、

「わたしは片平圭悟に電話をかけます。よかったら横で聞いててもいいですよ」

と、いった。

智早は聞きたかった。

それは智早の人生を変えることになるかもしれない電話であった。

片平は楠田から智早のことを、どう聞いていたのか。大日向との関係は？　宮之原から問い合わせがあったことを、大日向につたえるのではないか。

それを聞いて、大日向は気分を害し、そんなふうに疑われるのなら『ここは天領、飛騨の町』は藤代まゆみにやるといいださないか。

智早の胸は小鳥のようにナーバスになっていた。

宮之原は自分の部屋にはいると、ドアがぴったりと閉まらないよう、ストッパーを噛ませ、

「ソファーにすわっててください」

と、智早にいい、ナイトテーブルの上の受話器を取ると、十桁の番号をプッシュした。

相手はすぐでたようだ。

「現在、高山のホテルにいます。片平圭悟という歌謡曲の作曲家がいます。本人をつかまえたいんですが、いま、どこにいるか、至急、調べていただきたいのです。ホテルの部屋番号は六二一です」

宮之原はそう告げて、受話器を置いた。

智早はえっと目をみはった。

NTTの番号案内どころの騒ぎではなかった。番号案内は電話帳に載っている名前を調べてくれるだけで、片平圭悟がペンネームで、電話帳に本名で登録しているとしたら、「そういうお名前では登録なさっておりません」でお終いだが、宮之原のデータバンクは、片平がどこにいるか追跡して、居場所の電話番号を知らせてくれるらしい。

一分と経たず、電話が鳴った。

宮之原は左手で受話器を取りあげ、右手にボールペンを持つと、告げられた番号をメモし、

「オフィス・ミリオンですね。ありがとう」

気軽に礼をいってフックをたたき、メモした番号をプッシュした。

「そちらに片平さんがうかがってるはずですが……、ああ、片平さんですか。わたしは警察庁の者で宮之原といいますが、高山の楠田さんのことで、ちょっとおうかがいしたいことがありまして……」

と、切りだした。

「楠田さんが作詞された『ここは天領、飛驒の町』の作曲をなさいましたね。そのことですが、楠田さんから依頼されたのでしょうか」

智早は耳をすました。

宮之原は耳と受話器のあいだをすこし離した。

「そうです。楠田さんが西脇智早という歌手のデモCDと写真を送ってきまして、それを聞いて、ぼくはぶっ飛びました。魅力のある声でした。ぼくは声のイメージをそのまま曲にして、楠田さんに送りました。それが去年の暮れでした」

片平の声が聞こえてきた。

「そのとき、大日向晃というひとのことをお聞きにならなかったですか」

「大日向さんでしたら、つい三時間ほどまえに電話がありました。西脇智早が大日向さんのところへ行ったそうですね。西脇智早が二、三日のうちに、ぼくにコンタクトを取ってくるから、CD化をたのむと……。CD化する一切の手続きはぼくにまかせていただいておりまして、その費用として三千万円を預かっております」

片平はてきぱきといった。

「わかりました。西脇さんと代わりましょう」

宮之原はそういって、智早に受話器を差しだした。

智早は飛びあがりそうになった。

心臓がどきどきした。

それでも、受話器を受けとると、

「お世話になっております。西脇智早です」

と、硬い声で挨拶した。

「片平です。大日向さんのところで曲を聞かれたそうですね。あなたに合わせて作曲したつもりなんだけど、どうでした？」

片平は気さくにいった。

「とても素晴らしくて……」

智早は緊張でまともにこたえることができなかった。

「でしたら、一日でもはやく録音しましょう。アレンジもうできていて、明日、音を録ることになってます。明後日以降ならいつでも録音できる。あなたのスケジュールしだいでスタジオを用意します。レーベル会社も決まっている。『ここは天領、飛驒の町』はヒットする。ぼくには確信があります」

「はい……」

智早は消え入るような声でいった。

夢のようであった。

「代わりましょう」

宮之原が手を差しのべ、受話器をとると、

「電話、代わりました。事件のことで二、三うかがいたいんですが、楠田さんは亡くなる直前に『ホテル瑞祥だ』といい、そのあとで『やりきれない』といったんです。苦しくてやりきれないとか、こんなことで死んでいくのはやりきれないという意味ではなく、特定の何かを指していいのこしたと思えるのですが、『やりきれない』というのに何か思いあたることがありませんか」

と、たずねた。

「やりきれない……」

片平はちょっとかんがえ、

「それは地名じゃないですか。日本の地名ってえっと思うようなのがありますからね。ぼくが実際に経験したのでは『寝物語《ねものがたり》』という地名がありました。あれは滋賀県なのか岐阜県なのか、関ヶ原のちかくでしたが、ヤリキレナイってのは北海道にありそうな地名じゃないですか。ホロナイとかオサツナイとかってのがあるでしょう」

「なるほど」

宮之原はうなずき、

「そうかも知れません。早速、調べてみます。いいヒントをいただきました。ありがとう」

そういって電話を切ると、すぐに受話器を取りあげ、十桁の番号をプッシュした。

すぐに相手がでた。

「片平圭悟と話した。それでだが、地名でヤリキレナイというのを調べてほしい。北海道にありそうだが……」

「ヤリキレナイですね。承知しました」

受話器から女性の綺麗な声が聞こえてきた。

智早は宮之原をみつめた。

データバンクは広域捜査室長だ、コンピューターを自由にあやつって、なんでもたちどころに調べてくれるといったが、声の感じでは智早とおなじぐらいの年齢の女性であった。

智早は受話器を置いた宮之原に、

「いまの方、警部さんの奥さんなんじゃないですか」

と、たずねた。

「ちがいますよ」

宮之原は照れ笑いをうかべながら、

「警察庁の広域捜査室というと、いかめしいですが、室長とわたしのふたりしかいないんです。室長は小清水峡子《こしみずきょうこ》といって二十九歳の女性です」

窓辺のソファーにすわり、テーブルの上に鷲掴みにした缶ピースを置いた。

「二十九歳？」

智早はキツネにつままれた思いで宮之原をみつめた。

「官庁は学歴社会なんです。採用されるときから国家公務員の上級職、中級職とか、地方公務員の上級職とか決まっています。わたしは地方公務員の下っ端ですが、小清水さんは国家公務員の上級職。キャリアといって幹部候補なんです。警察官は全国に二十数万人いますが、キャリアは五百人ほどしかいない。わたしからいうと仰ぎみるような雲のうえのお方なんですよ」

宮之原は微笑しながらいい、缶ピースの蓋をあけると一本をつまみだした。

「どうして、広域捜査室はふたりしかいないんですか」

智早はたずねた。

国家公務員や地方公務員、キャリア、ノンキャリアのことはテレビのニュースでみたように思う。大蔵省の職員の接待汚職が問題になったとき、ノンキャリアが逮捕されるのに、キャリアはその十倍の接待を受けていても罪にならないと報じていた。

それより、広域捜査室はふたりしかいない。室長をのぞけば、宮之原ひとりなのが理解できなかった。

4

「警察の捜査は事件が発生した場所の所轄署がおこなうことになっているんです。とはいっても田舎町のちいさな警察署は、刑事の人数もすくないし、鑑識なんかも行き届かないから、県警本部の捜査第一課が応援する形をとっています」

宮之原は煙草に火をつけ、美味そうに吸いながらいった。

「ええ……」

智早はうなずいた。

草壁の家に下宿していたから、その程度のことは知っていた。

「警察庁はお役所で、全国の都道府県警察を指導監督しますが、直接、捜査をおこなうシステムができてないんです。だいいち、警察庁のわたしが部下を引きつれて、捜査に乗り込んでくると、草壁さんたち県警の顔をつぶすようなものでしょう。草壁さんとは何度も一緒に捜査をしてますから気心がつうじあっていますが、県警と摩擦を起こさず、県警の捜査とつかず離れず、それでいて別個に捜査するとなると、これは意外にむずかしいんですよ」

宮之原は得意そうな態度をみせることもなく、さらりといった。

そう聞かされると智早にはうなずけた。

一般論として聞いたのでは理解できなかったかも知れないが、智早は昨日と今日、宮之原と一緒に行動している。

宮之原は直接、事件とは関係のない智早に目をつけ、智早の立場から事件をみているし、捜査している。

草壁たち県警の捜査員は、楠田が殺されたとき、藤代まゆみのショーの関係者をくまなく事情聴取したはずだし、「ホテル瑞祥だ」といいのこした楠田の言葉を正攻法で捜査したはずであった。

だが、そのひとたちをどう調べても、智早のデビューの話を聞きだすことはできなかった。

デビューの話があったことを知っていたのは、夕規子ひとりだったからだ。

また、仮にデビューの話を知ったとしても、しがないワンコインシンガーがＣＤを吹き込むだけのことだから、それが殺人事件の原因だとは考えつかなかったはずであった。

宮之原はちがっていた。

草壁から事件の当日、智早が高山にいたことを聞くと、甲府の『珊瑚礁』へやってきた。

ショーの会場で智早の歌を聞き、そのうえで事情聴取した。

さらにいえば、智早の歌を素直に聞き、それを評価する耳を持っていた。

刑事が職務として事情聴取するのなら、ショーをみたり聞いたりする必要はなかった。

宮之原は智早のショーをみたから、デビューの話の重大さを察したのだ。

それらの行為は捜査の刑事のそれではなく、事件の裏にひそむものをみつけだす〝探偵〟のそれではないのか。

そう考えると、宮之原のような捜査が誰にでもできるものではないことが納得できる。

電話が鳴った。

宮之原が受話器を取った。

「北海道の夕張郡《ゆうばり》に由仁《ゆに》町という人口七千人ほどの町があります。夕張郡といっても札幌から、そんなに遠くないんです。札幌のほうから行きますと、長沼町というのをとおって次が由仁町で、長沼町は酪農が盛んなのかしら。去年の夏、ソフトクリームの店が八軒もできたとかって、テレビのグルメ番組が取りあげてましたけど、その由仁町をながれている川にヤリキレナイ川というのがあります」

小清水峡子の声が受話器から洩れてきた。

「川の名前ですか」

「ほんとうはヤンケナイ川、アイヌ語で魚が棲まない川という意味だそうですが、よく氾濫するためいつとなくヤリキレナイ川と呼ばれるようになり、正式名称になったそうです。小川のようなちいさな川ですが、建設省が管理する一級河川に指定されています」

「その川は有名なんですか」

「有名というほどではありませんが、札幌と夕張をむすんでいる地方道が、その川をわたるところに、建設省の看板が立っていて、車でとおりかかったひとが、不思議がるそうです。川そのものは普段はどこにあるんだと思うほど、ちいさな川ですが、それだけに看板が目立つんだそうです」

「ありがとう」

宮之原は受話器を置き、智早に、

「上のレストランで待っていてください。わたしは車から書類を取ってきます。たしか藤代まゆみだと思うが、捜査本部があつめた参考人の戸籍謄本のなかに北海道出身者がいた。それを確認しますから」

テーブルの上の缶ピースを取ると、智早と一緒に部屋をでた。

智早はその缶ピースをあずかり、エレベーターホールで宮之原と別れ、最上階のレストランへ行った。

朝、食事をとった窓辺の席にすわった。

ウエートレスが注文を取りにきた。

「いま、もうひとりきますから、ちょっと待ってください」

智早はそう告げ、窓のそとへ目をやった。

アルプスは雲にかくれていたが、高山の町がみはらせた。

ここからみる高山市はビルが目立つ普通の町であった。

北海道にヤリキレナイという名の川があるという。

楠田は「ホテル瑞祥だ」といい、そのあとで「やりきれない」とつけくわえた。

ホテル瑞祥に関係していて、ヤリキレナイ川と関係のある人物が、犯人か事件の原因だ、楠田はそういいたかったのか。

そこへ宮之原が茶封筒を持ってはいってきて、智早と向かい合った席にすわり、封筒から書類を取りだした。

戸籍謄本は五通はいっていた。

山浦、大日向、酒巻、楠田、藤代まゆみの五人で、まゆみの本名は鷲尾《わしお》ユミといった。

その鷲尾ユミの本籍地が、北海道夕張郡由仁町であった。

智早と宮之原は顔をみ合わせた。

たしかな手応えというのは、このことだろう。

楠田が撃たれたとき、まゆみはステージの中央でフィナーレの『奥飛騨悲歌』を歌いだそうとしているところだった。

ボウガンを発射したのが一ノ瀬友也なのは、ほぼまちがいない。だとすると、一ノ瀬に依頼したのがまゆみなのだ。

まゆみはホテル瑞祥が倒産した原因の何パーセントかの責任をもっている。そして、ヤリキレナイ川がながれている由仁町の出身。

楠田のダイイングメッセージが藤代まゆみを指していることは、どう考えてもうごかない。

ウエートレスが再度、注文を取りにきて、

「わたしはコーヒー」

宮之原がいい、

「わたしも……」

智早もうなずいた。

宮之原は窓のそとへ目をやり、缶ピースを一本抜き取って火をつけながら、

「しかし、疑問もありますね」

と、いった。

「……？」

「ボウガンで撃ったのは一ノ瀬だと思う。しかし、楠田さんは誰に撃たれたのかは知らなかったはずです。楠田さんにわかっていたのは、なぜ撃たれたのかという理由だったはずです。藤代まゆみがホテル瑞祥を食べたことはたしかだが、それは五年まえの出来事です。楠田さんがいった『ホテル瑞祥』は、あのとき進行していたあなたのデビューの話のはずだ。そのこととヤリキレナイ川はどういう関係があるんですかね」

「でも……」

智早は宮之原をみつめた。

まゆみがホテル瑞祥を食べたのは五年まえだが、瑞祥が倒産したのは去年の五月なのだ。

まゆみはホテル瑞祥の倒産で、五年まえの話を蒸し返されるのを恐れていた。

だから、東山芸能の歌手を前座に依頼したたし、楠田から花束を贈呈してくれるよう手配した。

楠田は花束を贈呈するため、ステージのちかくにいたのだ。

花束の贈呈は楠田をボウガンの射程距離に招き寄せるためだったのではないか。

「わかりますよ」

宮之原はうなずき、

「藤代まゆみは明日の最終便で札幌から東京へもどってきます。羽田空港の到着ロビーでつかまえて、いまの話をぶつけてみます」

と、いった。

5

五時ごろ、草壁がやってきた。

宮之原に呼ばれて、智早が部屋へ行くと、草壁はめずらしく気負い込んでいて、

「一ノ瀬の車に吐瀉物がのこっていました。科学捜査研究所へ送って鑑定してもらう手配をしましたが、青酸を飲まされたのはまちがいないと思います」

と、報告し、

「ボウガンですが、一ノ瀬は六、七年ほどまえ、ホテル瑞祥に入り浸っていて、山浦さんからアーチェリーを教えてもらっていました。なかなかの腕前だったと、山浦さんは証言しました」

と、いった。

「すると、夕規子さんを撃ったのは一ノ瀬だね」

宮之原がいった。

「それは西脇さんが推理したとおりだと思います。もうひとつ補強しますと、文化会館ができたとき、一ノ瀬は高山市の電気工事の会社に勤めていて、会館の配線工事をおこなっているんです。フライロフトのライトや舞台装置の操作のしかたなど、よく知っていたと考えられます。楠田さんを撃ったのも一ノ瀬だと断定してよいと思います」

横で聞いていた智早は、からだにふるえがはしるのを感じた。

実行犯が一ノ瀬なのはまちがいない。

一ノ瀬は誰に依頼されて楠田を殺したのか。

山浦が依頼したとは思えなかった。ホテル瑞祥を経営していたころの山浦ならともかく、いまの山浦はただの失職者であった。

では、大日向か？

山浦に依頼されたとしても一ノ瀬はうなずかなかったにちがいない。

大日向には楠田を殺さなければならない理由がなかった。それに、一ノ瀬と大日向は接点があったのか。

のこるのは藤代まゆみと酒巻しかいない。

一ノ瀬がホテル瑞祥に入り浸って、山浦にアーチェリーを教えてもらっていたころ、酒巻はホテル瑞祥に勤めていた。しかも、一ノ瀬と酒巻は高校で同級だった。酒巻は一ノ瀬のアーチェリーの腕前のほどを知っていた。

藤代まゆみはスキャンダルを踏台にして、スターの階段を駆けあがって行った。デビューした直後の海のものとも山のものともつかないときだったから、そんな捨て身の作戦をとることもできたのだろうが、スターの地位を確保したまゆみにとって、スキャンダルは致命的だったのではないか。

まゆみが食い物にした超豪華ホテルが倒産した。

ホテル瑞祥の負債は百七十億円であり、まゆみが食べたのは三億円でしかないが、それは金額の問題ではなかった。

バブルのころ、開業した超豪華ホテルが次々と倒産している。経営のみとおしが甘かったからにはちがいないが、テレビの視聴者や週刊誌の読者は、そんな堅い分析や記事には目を向けない。

倒産したホテル瑞祥の影に藤代まゆみあり。

まゆみに入れあげたために倒産した。そんな話題なら視聴者も読者の目も釘づけになる。

テレビのワイドショーも週刊誌も飛びつくにちがいない。

だから、酒巻もまゆみも高山でのショーには慎重だった。東山芸能の歌手を出演させ、楠田に花束を贈呈させようとした。

そこまで考えたとき、智早は胸のなかでアッと叫んでいた。

「どうかしましたか」

宮之原が目ざとく智早の顔色を読んでたずねた。

「わたしの口からはいいにくいんですが……」

智早は目を伏せた。

「話してごらん」

宮之原がうながした。

「藤代まゆみのデビュー曲の『奥飛騨悲歌』は、楠田社長がわたしのために作詞してくださったんです」

「それは聞いてますよ」

「社長はわたしをデビューさせようとしたでしょう。わたしは無名のワンコインシンガーだったという以外に、なんの話題性もないんです。ひとつだけあるとしたら、五年まえにデビューし損なった、それだけです」

「だから？」

「ですから、社長はそれを話題にしようとしたんじゃないですか。藤代まゆみが『奥飛騨悲歌』を盗《と》った。盗るだけの資力があった。ホテル瑞祥がまゆみをバックアップした。そんな放漫経営をしていたからホテル瑞祥は倒産した……」

智早はからだから血の気が引いて行くのをおぼえた。

「西脇さん、そんなことがあったんですか」

草壁がたずねた。

草壁の顔は凍っていた。

「それは事実だ。山浦さんが話してくれた」

宮之原が草壁にいった。

「すると、藤代まゆみはそれを話題にされたくなかったから、楠田さんを殺したんですか」

草壁が食いつくような顔でたずねた。

「いえ、そこまでは……」

智早は首を横に振った。

楠田がそのつもりでいたかどうかはわからない。

ましてや、藤代まゆみなり酒巻なりに、それを話したとは思えない。

だが、ホテル瑞祥は五年まえの話ではなかった。藤代まゆみを吹き飛ばし、智早を浮上させるいま現在の話題になる。すくなくとも、その可能性はあった。

だから、楠田は「ホテル瑞祥だ」といったのではないか。藤代まゆみという代わりに「やりきれない」といったのではないか。

「『やりきれない』がわかったよ」

宮之原が草壁にいった。

「なんだったんです？」

草壁ははじかれたように宮之原をみつめた。

「北海道の川の名前だったんだ。ヤリキレナイ川というのがあった。その川は藤代まゆみの生まれた町をながれている川なんだ」

「すると……」

草壁は顔色を変えた。

智早の心臓は音を立てて鼓動している。

その心臓の鼓動が部屋のなかで反響して聞こえそうなほど、たかまってくる。

「いや、それはどうだろうか」

宮之原が静かな口調でいった。

「しかし、あり得るんじゃないですか。ホテル瑞祥の倒産はいままでのところはローカルな話題でしたが、ここへきてそうではすまなくなっています。四、五日まえもテレビの特集が取りあげていましたが、超豪華を売り物にしたホテルが、北海道でも仙台でも倒産しています。いままでは倒産したというニュースが、ちらほらと新聞や週刊誌に取りあげられていただけですが、その特集は銀行が不良債権として切り捨てなければならなくなったという角度で、ホテルの倒産を取りあげ、社会問題だといっておりました。西脇さんのいうとおり、藤代まゆみとホテル瑞祥の関係が知れたら、マスコミは飛びつくんじゃないですか」

草壁が呻くようにいった。

「それはなるだろうが、そのために楠田さんを殺すかね。楠田さんだけじゃない。夕規子さんまで巻き込み、あげくは一ノ瀬を毒殺した」

「ですから、スキャンダルになるタネをまとめて抹殺しようとした……」

「それなら、山浦さんはどうなる？　いちばん先に抹殺しなければならないのは山浦さんだよ」

「ですから……」

草壁はまじろぎもしないで宮之原をみつめた。

山浦も危ないのではないか。

草壁の目はそう告げていた。

「わたしはもうひとつピンとこないんだが、念のために明日、藤代まゆみと会って、たしかめてみることにするよ」

宮之原がいった。

「自分はお供しなくてよろしいですか」

「わたしはちがうと思うんだ。スキャンダルを恐れて連続殺人事件を起こすなんてのは、安っぽいテレビドラマだよ。それも、どこかの暗がりで殺したんならともかく、自分のショーのステージだよ。話題にしてくれといってるようなものだ。自殺行為じゃないか」

「ですが……」

「とにかく、わたしは明日の最終便で東京にもどってくる藤代まゆみを事情聴取する。藤代まゆみかどうかは、その場ではっきりさせる」

宮之原はそう断言し、

「そのついでといってはなんですが、片平圭悟に会って、くわしい話を聞きましょう」

智早にいった。

「でも、事件がまだ……」

「事件は事件として、あなたは曲の吹き込みをしなさい。藤代まゆみを踏台にするまでもなく、あなたの歌はヒットしますよ。ヒットどころか、いまの歌謡曲の世界を変えるかもしれない。それだけのインパクトを持ってますよ」

と、いった。

「いいえ。わたし、この事件が解決するまで片平先生に待っていただきます。大日向さんから三千万円もの大金がでてるのも気がかりですし……」

智早はきっぱりといった。

「この事件はむずかしいと思うんです。一週間や十日では解決できないかもしれない。うかうかしてると、あなた二度めのチャンスを逃すかもしれない」

「かまいません。人生にチャンスは三度あるっていいますから、三度めまで待ちます」

智早の胸は締めつけられるように軋んでいた。

デビューのお膳立てはすべてととのっている。

三千万円は大金だが、大日向にとってはポケットマネーなのかもしれない。大日向はなんの条件もつけないといった。

その言葉を信じて、ここは目をつぶって話に乗っていくべきではないか。チャンスの女神は前髪しか生えていないという。とおりすぎたが最後、うしろからつかまえることはできない。

うかうかしていると『ここは天領、飛騨の町』も、藤代まゆみに取られるのではないか。

「そんな欲のないことをいってはだめですよ。多少の危険はあっても、大胆にアタックしていかなくちゃあ。チャンスは自分の手でつかみとるものです」

宮之原は真剣な表情でいった。

そうしたいのは山々だが、智早にはそれができそうにない。

ひとが三人、殺されている。

しかも、そのなかのひとりは夕規子なのだ。

事件が解決しないのに、デビューの話に乗っていくのは、夕規子をみ捨てるように思える。

第6章　郡上八幡《ぐじょうはちまん》・美濃の小京都に消えた欲望

1

翌日、智早と宮之原は名古屋経由で東京へ向かった。

名古屋まで車で行き、車は駅のちかくにあずけて新幹線を利用し、東京に着いたのは二時半になるころであった。

藤代まゆみが羽田に着くのは十一時なので、智早はいったん家にもどることにし、新幹線改札口をでたところで宮之原とわかれた。

東京駅の中央通路には晴着姿の若い女性の姿が目立った。

自由業の智早にはウィークデーも週末もないが、今日は成人の日であった。

九日の朝、東京を発ち、今日が十五日だから、ちょうど一週間、家をあけていたことになる。

東京近郊の健康ランドで歌うことがおおい智早だから、一週間も家をあけたのはめずらしい。

一週間ぶりで帰ってきた東京は、さすがにひとがおおく、総武線に乗り換えるまでのあいだ、何人かのひとにぶつかりそうになった。

総武線を錦糸町で降りると、北風が吹き荒れていた。雪をわたってくる高山の風とちがって、肌を刺す乾いた風であった。

智早はその風を避けるように駅の北口をでたところにある喫茶店にはいった。

宮之原と一緒に行動していて気がつまるようなことはなかったが、やはりひとりになると気持ちがリラックスした。

総ガラス張りの壁際のテーブルにすわり、カフェオレをたのむと、通りをぼんやりとみつめた。

智早の脳裏に夕規子のことがうかんでいる。

夕規子はなんのために一ノ瀬を訪ねて行こうとしたのか。

一ノ瀬はなぜ夕規子を撃ったのか。

夕規子が口にしていた両面宿儺とは誰のことか。

それが解けない謎として、智早の胸に重く引っかかっている。

夕規子は楠田のことを、ああみえて案外ワルかもしれないといった。

藤代まゆみをホテル瑞祥の山浦に売りつけ、デビューの資金のうわまえをはねたらしいといった。

それは夕規子の誤解だった。

うわまえをはねたのは酒巻で、まゆみのデビューに関するかぎり、楠田はむしろ被害者であった。

すると、夕規子は楠田をなぜ、ワルだと思ったのか。

智早が東山芸能に所属していたのは二年間だが、夕規子は七年であった。

楠田のことは智早よりずっとくわしく知っているはずであった。

ワルだという根拠があったのではないか。

もし、あるとしたら、楠田が大日向にデビューの話を持ちかけていたのを知っていたのではないか。

そんな疑問が脳裏をかすめた。

だが、智早にはその疑問を解く術がない。

カフェオレがはこばれてきた。

智早はゆっくりと飲んだ。からだが糖分を欲しているのか、カフェオレの甘さが快かった。

〈わたしが考えたって、事件のことなんかわかるわけがないわ〉

智早は胸のなかでつぶやき、宮之原が藤代まゆみの犯行ではないといっていたのを思いうかべた。

まゆみと酒巻でないとしたら、誰が一ノ瀬にたのんで楠田を撃たせ、その一ノ瀬と夕規子を殺したのか。

まゆみと酒巻にとって一ノ瀬は、絶好の実行犯であった。ボウガンがうまく、文化会館の舞台装置をよく知っていた。

そのうえ、酒巻の高校の同級であり、まゆみの元の愛人であった。

まゆみに入れあげて電気屋を倒産させ、芸に身を滅ぼされたように〝ふるさとスター〟をしている。

いってみれば甘い男であった。

スターになったいまのまゆみなら、金でもデビューでも、一ノ瀬ののぞむものをあたえることができる。

一ノ瀬にしてみれば、まゆみと共犯関係を持つことで、まゆみとの仲を復活できると考えたとしても不思議はない。電気屋が倒産し、妻にも逃げられた一ノ瀬は、うしなうものが何ひとつない。

藤代まゆみにたのまれて楠田を殺したと、一ノ瀬がひと言でも洩らせば、まゆみはすべてをうしなう。一ノ瀬はまゆみを生かすも殺すも自由な、絶対の切札をにぎることができる。

一ノ瀬は舌なめずりする思いで話に乗ったのだろうが、まゆみと酒巻は二の矢を用意していた。

夕規子を利用したのだ。

一ノ瀬があやしい。夕規子にひと言ささやき、国府の家へ行かせた。

そして、夕規子を囮に一ノ瀬を毒殺し、雪溜まりのなかへ突き落とした。

智早はそう考えたが、冷静になってみると、まゆみの犯行にしては、リスクがおおすぎることも事実であった。

まゆみのショーの最中に、楠田を狙撃させることはなかった。

狙撃するのはどこででもできるはずであった。

まゆみと酒巻は捜査の裏をかくつもりだったのか。

たしかに警察はまゆみも酒巻も容疑者と考えなかった。

だが、まゆみと酒巻は関係者として、警察に調べられる立場になった。

その結果、五年まえにまゆみと酒巻のしたことが、明らかになった。

宮之原が捜査に乗りださなかったとしても、草壁たちが知るのは時間の問題でしかなかった。

つまり、まゆみのショーの最中に起きた事件でなかったら、まゆみも酒巻も五年まえの出来事を詮索されなくてすんだはずであった。

では、この事件の犯人は別の誰かなのか？

ショーの最中に狙撃したのは、楠田が直接の狙いではなく、まゆみと酒巻を陥れるためだったのか。

だとすると、まゆみと酒巻を恨んでいたのは山浦であり、いまの山浦はうしなうものがなくなっている身であった。

だが……。

智早は首を横に振った。

考えるだけ無駄であった。山浦にしろ大日向にしろ、疑いだせば切りがない。

山浦はともかく、大日向は暴力団系なのだ。

どんな手でもつかうことができたはずだし、楠田とのあいだに意見の食いちがいがあったかもしれない。大日向が楠田を殺そうと考えたとすれば、文化会館のショーは絶好の機会だったかもしれない。

五年まえのスキャンダルという時限爆弾を抱えている藤代まゆみは、大日向からみればこれ以上ないカモだったのかもしれない。

新世紀プロから独立させたいと、酒巻が山浦に話を持ちかけたというが、その話を大日向がすでに知っていたとしたら、ショーの最中に事件を起こし、酒巻をだしぬくことだってできたはずであった。

そうしたことを、智早がどう頭をひねって考えたところで、それは空想をもてあそんでいるだけでしかなかった。

2

マンションにもどってひと休みし、服を着替えた智早は、宮之原と落ち合う約束をした九時半に、待ち合わせ場所の帝国ホテルのロビーへ行った。

わかりやすくて、夜の九時半でもまちがいなく営業しているから帝国ホテルにしたのだが、宮之原はその夜、泊まる予定だったのかもしれない。

智早は十五分ほどはやくロビーへ行ったが、宮之原はすでにきていた。

ほどほどに重厚なホテルのムードが宮之原によく合っていた。

「ちょっと待ってください。小清水さんも一緒に羽田へ行くというんです」

そういった宮之原は玄関のほうへ目をやり、軽く手をあげた。

智早は宮之原の目線の方向へ目をやった。

白いコートを着た女性が微笑をうかべていた。

左の襟がステンカラー、右は普通の折り襟。アシンメトリーな襟元が斬新で、小脇にはさむようにワインレッドのギャジットバッグ、中ヒールの靴とバッグの色を合わせ、ストレートな髪を肩まで垂らした女性が、あゆみよってきた。

智早とふたつと年齢がちがわないのではないか。

その若い女性が警察庁の広域捜査室長だというのが、うそのように思えた。

「紹介します。室長の小清水峡子です」

宮之原はそういい、

「こちらが西脇智早さん」

と、手の平を向けた。

「小清水峡子です。今度は大変でしたでしょう」

峡子はいたわるようにいい、

「これがヤリキレナイ川です」

手にしていた二万五千分の一の地図をひろげた。

峡子が空色のカラーペンで川をなぞっていたからすぐにわかったが、色が着いていなかったら目にとまらないだろう。

夕張川へながれ込む支流のひとつにはちがいないが、由仁町の西北の隅をほんのちょろちょろとながれている小川で、川の名前も印刷されていなかった。

「全長が三キロくらいだね」

宮之原がいった。

「こんな小さな川が一級河川なんですか」

智早は呆れ顔に峡子をみつめた。

電話で一級河川と聞いて、もっとおおきな川を想像していたからであった。

「一級河川とか二級河川というのは、川のおおきい小さいとは関係がないんです。小さくても建設省が管理している川は一級河川で、都道府県が管理している川は二級河川なの」

峡子がこたえ、

「小さくても、よく洪水を起こしたりして、都道府県では費用がだし切れないといった理由で、建設省が管理することになった川は一級なんです」

宮之原が補足した。

「電話でお話ししましたけど、元の名前はヤンケナイ川だったのが、建設省が受け付けたとき、ヤリキレナイ川と書きまちがえたらしいんです。でも、そのほうが住民の切実さがわかるだろうということでそのまま申請し、申請がとおった段階で、ヤリキレナイ川が正式の名称になったそうなんです」

峡子は微笑しながらいい、

「この道が主要地方道の札幌夕張線ですが、その道路が町道と交差する地点、ここですが、ここに一級河川ヤリキレナイ川の看板が立ってるそうです」

と、地図上の一点を指差した。

道路はそのすぐちかくでヤリキレナイ川をわたっていた。

その道路を札幌のほうへ行くと、隣町がソフトクリームで有名になった長沼町であった。

峡子はその地図をたたんで宮之原にわたし、

「はい、警部」

ギャジットバッグから携帯電話を取りだすと、

「警部がやっと携帯電話をもってくれるようになったわ。西脇さんがすすめてくださったんですって」

悪戯っぽい目で宮之原を睨み、電話を手わたした。

その目に爽やかな色気があった。

「まいりましょう」

峡子は智早にいい、はいってきた玄関へ向きをかえてあるきだしていた。

白いコートのゆるやかなラインが優美で、ダスターコートの宮之原とならぶと、外資系の会社の部長と秘書のようにみえた。

ホテルの車寄せからタクシーに乗った。

後部座席《リアシート》に智早と峡子。宮之原は助手席。

タクシーは芝公園で首都高速にはいり、浜崎橋ジャンクションで羽田線にはいった。

「とりあえず、草壁さんに警部の携帯の番号をお知らせしておきました」

智早は気を飲まれた思いで、その峡子と宮之原をみまもっていた。

峡子が室長で、宮之原が室員なのだから、峡子が上役のはずだが、ふたりからはそんな上下関係がまったく感じられない。ながいあいだコンビを組んできた信頼感が、ふたりを結んでいるようで、智早には何か妬ましささえ感じる。

峡子はそんな智早の気持ちのうごきを察したのか、智早へ顔を向けると、

「片平圭悟さんのことを調査しました。お父さんが外交官なのね。そのせいか、マナーのいい点は芸能界でもトップですって」

と、いった。

「人柄は？」

宮之原が振り向いた。

「いいそうです、向こう気がつよいけど、情にもろいところがあって、まちがっても弱い立場のひとを食い物にするようなことはしないって……」

「年齢は？」

「三十九歳です」

「それなら大丈夫だ」

「どうしてです？」

峡子は不思議そうにたずねた。

「四十をすぎた男はみんな悪人だという諺があるんだ。四十をすぎると食えなくなるが、三十代のあいだは純粋さがのこっているんだろうね」

「女性はどうですか。和歌山のカレー事件の容疑者は、当時三十七でしたが……」

「だから、あんな幼稚なことをしたんだよ」

宮之原は苦笑した。

峡子はうなずき、

「問題は大日向のほうです。こちらはどこを調べてもでてこないんです。大日向晃というのは偽名じゃないですか」

と、いった。

「偽名で和議申請はできないよ」

「ホテル瑞祥の和議申請をしたのは鳥飼孝裕《とりかいたかひろ》という人物です。この鳥飼というひとも得体の知れない人物ですが、鳥飼のバックが広域暴力団なのはたしかです」

智早は峡子をみつめた。

大日向が暴力団系なのは承知しているが、二重三重にバックがいるというのは無気味であった。

「それはいいよ。事件の目鼻がついたところで、鳥飼というひとに会ってみる」

宮之原は明るい口調でいった。

智早は重苦しい思いで目を車窓へやった。

レインボーブリッジがまぢかにせまり、ブリッジへと登って行くループ橋を、りんかい線の電車の光がゆっくりと移動して行った。

会話が途切れた。

タクシーは湾岸線に移る側線にはいり、それまで走ってきた高速道路を跨道橋で越えた。東京港が一望にひろがった。それも、ほんの一瞬でうしろへ飛び去り、やがてトンネルをくぐり抜けたと思うと、強烈なオレンジ色のライトのなかに投げ込まれた感じがした。それが羽田空港であった。

羽田空港が新しく生まれ変わって、もう何年かすぎているが、智早は新しい羽田空港へくるのは、今夜がはじめてであった。

ワンコインシンガーの智早に空港は縁がなかった。

タクシーは迷路のような道をとおり、ターミナルビルの玄関に着いた。

札幌発の最終便の到着ロビーを確認し、ゲートのまえに立ったのは最終便の着く五分まえであった。

昼間はごった返しているはずの空港も、さすがにこの時間になるとひと気もほとんどなくなり、ロビーを照らしだしている煌々とした明かりが、かえって淋しさをかき立てていた。

「新空港になって哀愁がなくなったと思ってたが、夜はちがうね」

宮之原が峡子にいい、

「警部、哀愁なんて嫌いなんじゃないですか」

微笑まじりにいい返した。

「そうでもないさ。わたしは哀愁の申し子なんだ」

「うそ。花鳥風月、神社仏閣、史跡名勝、みんな興味がないんでしょう」

峡子はそういい、智早に、

「警部、情緒や抒情がきらいなの。正確にいうと、情緒や抒情がきらいなんじゃなくて、そういう感情に惹かれるのがきらいなのね。徹底した合理主義者なんだけど、それでいて携帯電話を持つことに、七年間抵抗したのよ。矛盾のかたまりでしょう」

と、いった。

智早はその峡子と宮之原を交互にみつめ、携帯電話を持つのを七年間抵抗したのがわかるような気がした。

そのとき、到着ロビーの奥にひとの気配がして、二百人ほどの乗客がでてきた。

智早は無意識のうちに身構えていた。

藤代まゆみは黒い毛皮のコートに身をつつみ、トンボ眼鏡のようなサングラスをかけていた。

ペルシャネコのような色白の丸顔に、おおきなサングラスが不似合いだったが、こぼれるような色気は相変わらずであった。

そのまゆみの横に、三十七、八の精悍な顔つきの男が寄り添っていた。

顔にかすかな見覚えがあった。

ホテル瑞祥でショーの主任をしていた酒巻であった。

宮之原がふたりのまえに進みでた。

警察手帳を提示し、

「ちょっとお聞きしたいことがあります」

と、声をかけるとロビーの隅へさそっていった。

3

「昨日、国府町で一ノ瀬友也さんが遺体で発見されましたが、ご存じですか」

宮之原はふたりにたずねた。

「テレビのニュースで知りましたが……」

酒巻がこたえた。

「一ノ瀬さんは藤代さんと、どういうご関係ですか」

まゆみはぎくっとしたように酒巻へ目をやった。

「一ノ瀬はわたしの友人です」

酒巻はまゆみをかばうようにいった。

「それだけですか」

「それはどういう意味です?」

酒巻は警戒するように、たずね返した。

「藤代さんも一ノ瀬さんをご存じだったんじゃないですか」

「そんなことを、どうして聞かれなきゃならないんです?」

酒巻がいい返した。

「こたえたくなければ、こたえていただかなくてもいいんです。ただ、高山と国府で三人が殺されています。その三人ともが藤代さんの知り合いです。それをよく念頭にいれて、これからわたしのたずねることにこたえてください」

宮之原はそういい、

「高山市の文化会館で亡くなった楠田さんが、最期に『ホテル瑞祥』と『やりきれない』という言葉をのこされたことは、お聞きになってますすね」

と、まゆみにたずねた。

「はい。警察の方にお聞きしました」

まゆみはサングラスをはずしながら、こたえた。

「ホテル瑞祥とはいろいろ関係がありましたね。それはいいんです。問題はあとのほうの『やりきれない』だ。楠田さんははっきりと『やりきれない』といいのこした。この『やりきれない』にこころあたりはないですか」

「それは警察の方に聞かれましたが、わたしにはなんのことだか……」

「あなたが生まれたのは北海道ですね」

「はい」

「夕張郡由仁町ですね」

「はい」

「由仁町をながれている川にヤリキレナイ川というのがあります。ご存じなかったんですか」

「……………！」

まゆみは一瞬、呆気にとられた顔になった。

目が小さいまゆみだが、いっぱいにひらかれていた。

唖然とした顔にはちがいないが、隠していたことを指摘された動揺のようなものは感じられなかった。

「由仁町では知らないひとがいないほど、よく知られている川ですよ」

宮之原がいった。

「知りませんでした」

まゆみは首を横に振り、

「わたし、由仁町で生まれたことはたしかですが、由仁町のことは何もおぼえてないんです。三つのときに両親が東京にでましたから……」

と、いった。

「戸籍の附票《ふひょう》では、あなたが十歳のときに東京へ移ったことになってますよ」

宮之原がたずねた。

「それは、父がたくさんな借金をしていて、住民票を移動させることができなかったからです」

「小学校はどうしました？」

「学校はわけを話して、足立区の西新井《にしあらい》小学校にはいることができました。ほんとうなんです」

「楠田さんとのあいだでヤリキレナイ川の話がでたことはないですか」

「ありません。ヤリキレナイ川なんてのがあるって、いまはじめて知りました」

「まちがいないですね」

「はい」

まゆみはうなずき、宮之原は五メートルほど離れたところに立っている智早に顔を向けた。

札幌からの最終便の乗客は全員がロビーをでて行った。今夜の最終便である関西空港からの便の客がゲートから吐きだされてきた。

空港の職員がロビーをみまわって行った。

ロビーの照明が半分消えた。

「酒巻さん、あなたは藤代さんの独立のことで、山浦さんに何か依頼しましたか」

宮之原は酒巻にたずねた。

「えっ？」

酒巻は虚を衝かれたような顔になり、

「ああ。あの話ですか。あれは、わたしの社交辞令を山浦社長が誤解したんです。独立したいのは山々ですが、いまの藤代にはまだちょっと……」

まゆみと顔をみ合わせて苦笑した。

空港の職員が、

「シャッターを閉めますから……」

と、すこし離れたところから声をかけた。

ロビーの明かりが消えた。

「お邪魔をしました」

宮之原はそういい、智早と峡子をうながすようにロビーをでた。先にでて行ったまゆみが智早を振り向き、酒巻と小声で話し合っている。智早が刑事と一緒にいるのが不審なのだろうが、問いかけることもないと思ったらしい。

宮之原はビルをでたところで足をとめ、

「お聞きのとおりです。あれはほんとうにヤリキレナイ川を知らなかった顔です」

と、いい、コートのポケットから缶ピースを取りだすと、器用な手つきで蓋をあけ、
一本を抜いてライターをすった。

その宮之原の背後でシャッターがゆっくりと閉まって行った。

「わたしが余計なことをいったばかりに、ご迷惑をおかけしました」

智早は頭をさげた。

「いや、そうじゃない。一度は会って話を聞かなければならなかったんです」

宮之原は何ほどのことでもなかったような顔で、

「送りましょう」

タクシーへ歩み寄って行った。

「でも、社長はどうして『やりきれない』っていったのかしら」

智早は峡子をみつめた。

「川なのはまちがいないと思う。それも、楠田社長は犯人をみたわけじゃないから、『やりきれない』は事件の動機よ。殺される原因にこころあたりがあったのよ。そこまではまちがいないと思う」

峡子がいい、

「それは警部にまかせましょう。西脇さんは明日、警部と一緒に片平さんのオフィスを訪ね、デビューの打合せをなさるといいわ。片平さんは信用できるひとですから……」

と、智早の顔をのぞき込んだ。

「でも、わたし大日向ってひと、気味がわるいんです」

智早はサンショウウオに似た大日向を思いうかべた。

楠田が殺され、夕規子がその巻き添えを食った。

一ノ瀬は利用されたあげく毒殺された。

まゆみと酒巻がシロになると、そんなことができる人物は、大日向しかいないと思う。大日向がなぜ片平に三千万円もの大金を送って智早をデビューさせようとしているのか。

それがはっきりしないかぎり、デビューの話に乗っていくのは薄気味わるい。

4

翌日の朝、智早は帝国ホテルのロビーで宮之原と落ち合い、元麻布《もとあざぶ》の片平圭悟の家を訪ねた。

片平の家は麻布二の橋から仙台坂を登って行く途中にあった。

閑静なお屋敷町にチョコレート色の柱と白い壁を組み合わせたイギリス風の家が、麻布山公園のみどりを背にして建っていて、宮之原がインターホンを押して、名前を告げると、

「お待ちしておりました。どうぞ……」

片平の声がこたえた。

玄関をはいると、片平が立っていた。

父親が外交官だったというだけに、すらりとした痩身にグレーのセーターと焦茶色のスラックスがよく似合う貴公子タイプで、

「どうぞ、こちらへ……」

礼儀ただしく玄関脇の応接室へとおされた。

二十畳ほどの洋室に白いグランドピアノが置かれてあった。

片平は宮之原と智早にソファーをすすめ、

「あなたのことは五年まえから聞いてたので、はじめて会うような気がしませんね」

気さくな態度でいった。

「不躾な質問ですが、五年まえというのは『奥飛騨悲歌』の話があったときですね」

宮之原がたずねた。

「そうです」

「藤代まゆみが『奥飛騨悲歌』でデビューしましたね。それはそれとして、西脇さんを別の歌でデビューさせることはできなかったんですか」

「できなくはなかったんですが、楠田さんがすこし時機を待とうといったんです。いまになってみると、炯眼だったと思います。五年まえは歌謡曲が完全に死んだ状況でした。安室《あむろ》奈美恵に代表される歌と沖縄ポップに占領されてましたが、ここへきて歌謡曲をのぞむ声が聞こえてくるようになりました。音楽とかサウンドではなくて『歌』がほしい。これは時代の要請だと思います。だから、西脇さんのデビューを急ぐんです」

片平は熱っぽい眼差しで智早をみつめた。

「楠田さんはそういう時勢を読んでいたんですか」

「やはり、なんとなく読んでたんでしょうね」

片平はそういい、

「去年の夏、楠田さんはご夫婦で北海道旅行をしたんです。その帰りにひとりでぼくの事務所へ寄ってちょっと話していったんですが、そのとき西脇さんの話がでたんです。北海道旅行が刺激になったんですかね。西脇さんのデビューを熱っぽく切りだしたんです」

「北海道のどこへ行ったと話してました？」

「さあ。どこへ行ったとは話してなかったですが……。レンタカーであちこちまわったようでした。そうそう、ソフトクリームで町おこしをしてる町があった、そんなことを話してました」

「ソフトクリーム？」

宮之原はハッとしたように智早へ顔を向けた。

一昨日、電話で峡子が話していた。その町の隣が由仁町であった。

「ええ。なんでもひとつの町で八軒とかのソフトクリームの店が国道沿いに店をだし、それが結構、商売になってるようだと話してました」

「それは長沼という町じゃないですか」

「さあ、町の名前までは聞きませんでしたが……」

「藤代まゆみの生まれ故郷がそのちかくにあるんですが、そこへ行ったという話はしなかったですか」

「いいえ、それも聞きませんでしたが、行っても不思議ないんじゃないですか。藤代まゆみは楠田さんが送りだした歌手にちがいないんですから……。もしかすると、刺激になったのはそれかもしれませんね。藤代まゆみを送りだしたときの自信がよみがえってきたんじゃないかな。楠田さんはプロデューサーとして天性の勘を持ってます」

片平は微笑をうかべ、

「藤代まゆみをデビューさせたとき、ぼくは楠田さんに東京へでてこないか。プロダクションをやろう。なんなら原盤製作の会社にしてもいいとすすめたんですがね」

と、いった。

「そんな話があったんですか」

「ぼくはその気だったんですが、楠田さんは東山芸能で充分だ。東京へでて行って苦労する気にはなれないといいまして……」

片平は惜しそうな顔になった。

智早にはわかるような気がした。東山芸能はあれで年間五千万円からの利益をあげている。

刺激はないかもしれないが、生活は安定している。東京へでてきて、海のものとも山のものともつかないプロダクションを始めるのは度胸と野心がいる。楠田は度胸はともかく、野心のすくない人物であった。

片平はその話がよほど残念だったらしく、

「奥さんは乗り気だったんですがね」

軽く溜息をついた。

「男の楠田さんが反対で、女性の奥さんが乗り気だったんですか」

「ええ。奥さんはなかなかの遣り手ですね。それに万事に地味な楠田さんとは対照的に派手好みですから、東京の暮らしにあこがれてました」

宮之原は智早へ顔を向けた。

「ええ。奥さんはそんな感じです」

智早はうなずいた。

宮之原は話題を変えた。

「大日向さんはこんどの西脇さんの話にどの段階から乗ってきたんですか」

「十月ごろじゃないかな」

片平はちょっと考え、

「そうです。大日向さんから問い合わせの電話があったのが、十月のはじめでした。

楠田さんから話を聞いたが、ぼくが作曲をするというのはほんとうか、と……」

「大日向さんはどうして、この話に乗ってきたんです？」

「それは、楠田さんから打診があったと話してました。楠田さんは藤代まゆみを送りだした実績がありますし……」

「大日向さんとは会われましたか」

「いいえ。電話で何度も話してますから、会ったような気持ちがするんですが、会ってはいません」

「それなのに、あなたを信用して三千万円を送ってきたんですか」

「ええ……」

「条件はなかったんですか」

「ありません」

片平はうなずき、思い返すように、

「あれは条件なのかな。大日向さんの名前をださないでほしい。わたしは縁の下の力持ちだ、と……。三千万円が振り込まれてきたときも楠田さんの名義でした」

と、いった。

「三千万円が振り込まれてきたのはいつでした？」

宮之原は硬い表情でたずねた。

「十二月の末でした」

「楠田さんはその話を知ってましたか」

「もちろん、知ってました。ぼくのほうから問い合わせたところ、大日向さんの人物は保証する、西脇くんとも連絡を取った、話を進めてくれ、と」

「大日向さんの人物を保証するといったんですね」

「ええ。いろんな噂はあるが、まちがいのないひとだ、と」

「わかりました。わたしは用がありますので、これで失礼しますが、西脇さん、あなた、片平さんとお話をすすめなさい」

宮之原はそういってソファーから立ちあがった。

「もうすこしいいじゃないですか。これだけ聞いて行ってください」

片平は部屋の奥にあるコンポへ立って行き、ボタンを押した。

数秒おいて壮麗なシンフォニーがひびきわたった。

ヴァイオリンの甘い旋律。それにかぶさるようにトランペットが高らかに前奏を吹き鳴らし、一転して打楽器がリズムを奏でたと思うと、メロディーへとはいって行った。

智早は目を閉じた。

『奥飛驒悲歌』とはまったくちがったのびやかなメロディー。それはこれまでの演歌とは、明らかにちがっていた。それでいて、眠っている郷愁を呼び起こすような身近な親しみやすさと力づよさに満ちた曲であった。

智早は小声で歌った。

高山陣屋の朝市で
おとなになったら恋をしようね、と
あなたは　いった

歌いながら涙がこみあげてきた。

持ち歌のなかった下積みの歌手が、自分の歌にめぐり合った。しかも、それは三百五十万円でつくられる〝わが店ソング〟ではなく、フルオーケストラが奏でるきらびやかなほど豊かな歌であった。

会えなくなって　三度めの秋がすぎ
耐えることしかできない町で
耐えて　十九になりました
ここは天領　飛騨の町

智早は泣きながら、酔ったように歌い、エンディングを聞き終えると、

「片平先生、ありがとうございます。ただ、事件が解決するまで待っていただきたいんです」

涙を拭きながら、いった。

「ぼくはいいですよ。五年待ったんです。一週間や十日待つのはなんでもありません」

片平は痛ましそうに智早をみつめて、うなずいた。

その片平に宮之原がいった。

「一週間は待たせません。おそらく、今日か明日のあいだに事件は解決するはずです」

「警部さん！」

智早は宮之原をみつめた。

今日か明日、解決する。

宮之原が慰めにいってくれたのだと思った。

5

片平の家をでた。

宮之原はコートのポケットから携帯電話を取りだし、親指でボタンをプッシュした。

相手がでたようだ。

「草壁さん、わたしはいま東京にいる。これからいそいでそちらへもどる。犯人はわかった。九十九パーセントまちがいない。楠田瑠璃子を張ってほしい。どこかへでかけるはずだ。でかけるようなら、尾行してほしい」

話しながら仙台坂をくだった。

智早は無言でその宮之原をみつめ、あとを追った。

どうして、犯人がわかったのか。智早にはまったく見当もつかなかった。

草壁はたずね返さなかったようだ。

宮之原は携帯電話をポケットにしまい、坂をくだり切ったところで、とおりかかったタクシーをとめた。

「東京駅の八重洲口」

タクシーに乗り込むとそう告げた。

「社長の奥さんがどうして？」

智早は宮之原にたずねた。

「片平さんが楠田さんに、東京へでてきてプロダクションを始めないかとすすめましたね」

「ええ……」

「楠田さんは東山芸能で充分だと、東京に進出して苦労する気になれなかった。ところが、奥さんは乗り気だった……」

「でも、それって五年まえの話ですよ」

「その話は五年まえだが、東京進出の話が蒸し返されたんですよ」

「どこでです？」

智早は宮之原をみつめた。

そんな話は誰もしなかった。宮之原は何かと勘違いしているのではないか。

「大日向ですよ。大日向が薦めたはずなんだ」

「どうして？」

「大日向は自分が表にでることを極端に避ける男のようですね。ホテル瑞祥の和議申請は鳥飼孝裕の名義でおこなった。片平さんに送金した三千万円も楠田さんの名義だった。だが、ホテル瑞祥で表にでなかったのと、あなたのデビューの話とはわけがちがう。三千万円を楠田さんの名義で送金したのは、プロダクションをつくらせようとしたんですよ」

「でも、プロダクションをつくるのは、世間に知られたって構わないんじゃないですか」

「世間に知られたって構わないが、鳥飼やそのバックの暴力団に知られたくなかったんですよ」

「知られるとどうなるんですか」

「暴力団の影響のつよいプロダクションになってしまう」

「じゃあ、大日向は片平さんやわたしを、暴力団から守ってくれようとしたんですか」

「あなたや片平さんを守るだけじゃない、大日向自身が暴力団から離れたかったんです」

「でも、どうして？」

智早には宮之原のいうことがわからなかった。

「いまの暴力団はむかしのやくざやテキ屋とはちがう。ピストルをぶっ放して暴れまわるのは、目にみえる暴力団ですね。暴力団そのものが目にみえない闇の組織になってるんです。政治家や官僚や実業家やわたしたち一般人が表社会の住民だとすると、暴力団は裏社会をつくりあげてしまった」

宮之原は車窓へ目をやった。

タクシーは桜田通りへはいった。左手にみえていた東京タワーが右側になった。

「……………！」

「ホテル瑞祥がそうです。ホテル瑞祥を乗っ取ったのは大日向だが、大日向は裏社会の事務屋にすぎない。ホテル瑞祥はいずれ、損切りをしたうえで売り払うでしょうが、その儲けは鳥飼孝裕という人物のふところにはいり、その大部分が暴力団に吸いあげられていくんだと思う。ピストルをぶっ放して恐怖心をあおるチンピラがいて、その連中を事務屋の大日向が捌き、そのうしろで鳥飼孝裕が資金をだす。そのさらにバックで万事筋書きどおりにはこぶことを保証しているのが暴力団の本部なんだ。本部は阿吽の呼吸で裏社会をうごかしていますが、自分自身はいわゆる暴力を振るうことをなければ、法律にふれるようなことをしない。鳥飼孝裕のような人物から吸いあげた資金を、鳥飼や大日向とは別の組織へながし、ピストルをぶっ放させたり、銀行が差し押さえた物件に居すわらせたりして、大日向たちを間接的にバックアップしている。それらをひっくるめた全体が、裏社会なんです」

「………」

智早はだまってうなずいた。

政治家も銀行も努力をしてこなかったが、暴力団は命がけで努力してきたと、大日向はいった。

その努力の結果、つくりあげたのが宮之原のいう裏社会らしい。

裏社会の機能をつかえば、負債百七十億円のホテル瑞祥を一億円ちょっとで手に入れ、損切りをしたうえで売り払い、何十億円かの儲けをえることができるのだろう。

「大日向はそんな裏社会をよく知っている。裏社会のなかでゴルフ場を立て直したり、ホテル瑞祥の借金を清算することは、そんなにむずかしいことじゃない。だが、大日向がどんなに忠誠をつくしたところで、裏社会が一生をみてくれるわけじゃないんです。使い捨てにされることは目にみえてるんだ。大日向にできることといえば、力と金をつかえるいまのうちに、自分の天下り先を確保しておくことしかない。それも裏社会の息のかかってない天下り先でないと、一生を安穏に送ることができない。大日向は楠田さんの才能に目をつけたんですよ。楠田さんにプロダクションをつくらせ、そこを天下り先にしようとした」

タクシーは虎ノ門交差点をすぎ、霞が関の官庁街にかかった。

左手に二十一階建てのスマートなビルが見える。

そこが警察庁のはいる中央合同庁舎であった。

警察庁の向かいは裁判所合同庁舎、隣は警視庁。

いずれも威容を誇るようにそびえ立っているが、裏社会に対しては無力な組織でしかない。

智早は暗澹とするものを感じながら、宮之原にたずねた。

「そのことと、今度の一連の事件はどう関係してるんですか」

「楠田さんにつくらせるプロダクションは、大日向の天下り先なんだ。ちょっとやそっとのプロダクションじゃない。片平さんに送った三千万円はほんの一部で、資金は潤沢に用意した。所属タレントはいまのところ、西脇智早ひとりだが、あなたを是非でもスターダムにのしあげ、プロダクションの基礎をかため、行くゆくはホリプロやバーニングプロダクションに匹敵する大プロダクションにしたい。楠田さんにそう持ちかけたんです」

「社長はその話も蹴った。それで、殺されたんですか」

智早は凍る思いで宮之原をみつめた。

タクシーは祝田橋をわたり、二重橋前の信号を右折した。

「そうじゃないと思う。それだったら、楠田さんは『やりきれない』といわなかった」

「『やりきれない』は誰のことを指していったんです」

「それはほかにいないでしょう。大日向はヤリキレナイ川となんの関係もない。山浦さんも関係がない。ヤリキレナイ川を知っているのは、去年の夏、北海道旅行をした楠田さん夫婦だけです」

「じゃあ……」

智早は息を飲んだ。

「そうですよ。楠田さんは大日向の話に乗っていけない。ところが奥さんは大乗り気だ。高山の東山芸能でのどかに生きていこうという楠田さんと、奥さんのあいだで議論がつづいた。議論どころか夫婦喧嘩が毎日、くり返されたんだと思う」

タクシーは鍛冶橋で左折し、東京駅の八重洲口に着いた。

タクシーから降りた。

話は一時中断し、宮之原は券売機でで名古屋までの切符を二枚買い、改札口をはいった。

十二時二十一分発の《ひかり》がホームにはいっていた。

その自由席にすわったのとほとんど同時に、《ひかり》は滑るように動きはじめた。

6

そこまで聞くと、智早にもおおよそのことが推測できた。

北海道旅行で藤代まゆみの故郷の由仁町へ行った楠田夫婦がみたのは、ヤリキレナイ川の看板だったのだ。

ヤリキレナイ川。

楠田も瑠璃子もそんな名前の川があると知ったのは、そのときがはじめてだったにちがいない。

それは北海道旅行で何よりも印象的な思い出だったのだと思う。

楠田夫婦のあいだで、ヤリキレナイ川の話が何度となくでた。

それだけではなく、あくまでも東山芸能に固執する楠田が、妻の瑠璃子にはやりきれない存在に思え、東京へ進出したいという瑠璃子が、楠田にはやりきれない存在になっていった。

夫婦のあいだで、大日向の薦めそのものが〝やりきれない〟問題となっていったはずであった。

そして、そのいさかいのあいだに、片平の作曲したテープがとどき、楠田は智早に高山へくるようにというファックスを送ってきた。

瑠璃子がそれを知らないわけがなかった。

東京へ進出してプロダクションをつくる。それは智早をスターダムに押しあげることと同意語であった。

楠田も瑠璃子も行けると判断したにちがいない。

だが、ふたりのあいだには埋めることのできない溝ができている。溝というよりは川だ。楠田はわたることを拒み、瑠璃子はわたろうと主張した。

ヤリキレナイ川をわたるか、わたらないか。

その問題をはさんで夫婦は対立し、ゆずることができなくなっていった。

瑠璃子は決意した。

大日向の話に乗る。そのためには楠田を殺すしかない、と。

その絶好のチャンスが目のまえにあった。

藤代まゆみのショーであった。

ホテル瑞祥の倒産でナーバスになっていたまゆみと酒巻は、東山芸能の歌手に前座を依頼してきた。

楠田に花束を贈呈してほしいといってきた。

瑠璃子はひそかに一ノ瀬を抱き込んだ。プロダクションの話を打ち明け、楠田を射殺してくれたら、一ノ瀬をプロダクションの共同経営者にすると持ちかけたのだと思う。

「警部さん、夕規子が両面宿儺だといったのは、社長の奥さんのことだったんですか」

智早は宮之原にいった。

「たぶん、そうです」

宮之原はうなずいた。

「夕規子、一ノ瀬の奥さんに対する態度に不審を感じたんじゃないかしら。社長があんなことになって、お葬式やなんかで大変だったと思うんですが……」

智早はそういいながら、夕規子がみたものを思いうかべていた。

葬儀が終わった夜か、その翌日、一ノ瀬は東山芸能に泊まっていったのではないか。

夕規子は瑠璃子が一ノ瀬に楠田を射殺させたとまでは考えなかったが、瑠璃子がふたつの顔を持っているのを知った。

喪服を着て夫の葬儀の喪主を務めた貞淑な妻としての瑠璃子と、一ノ瀬を受け入れている瑠璃子。

だが、それは瑠璃子がみせた誘いの隙だったのかもしれない。

瑠璃子は一ノ瀬を利用しただけなのだ。

大日向との話をすすめなければならない。瑠璃子の狙いはあくまでも大日向であった。

夕規子を一ノ瀬のところへ行かせ、一ノ瀬には夕規子に勘づかれた、死んでもらわないと、プロダクションの話が消えてしまう。そういいふくめ、十三墓峠のカーブで夕規子を待った。

夕規子のスケジュールを管理しているのは瑠璃子なのだ。

新穂高温泉の山水荘への出演。その帰りに国府町の一ノ瀬の家に向かう。

夕規子が十三墓峠をとおる時刻も、瑠璃子にはわかっていた。

そうとは知らない夕規子は一ノ瀬と会うため、十三墓峠にさしかかった。

夕規子の運転する赤い軽自動車のライトにうかびあがった瑠璃子の姿。夕規子は何が起きたのか、どうして瑠璃子がこんな峠にいるのか、わけがわからないままに車をとめた。

車から降りて瑠璃子に歩み寄る夕規子。背後でボウガンを引きしぼった一ノ瀬。ホテル瑞祥で山浦から指導された一ノ瀬の矢は、楠田を射抜き、夕規子を射抜いた。だが、一ノ瀬は瑠璃子のほんとうの狙いに気づかなかった。気づいたときは全身に痙攣がはしっていた。

瑠璃子は氷の微笑をうかべ、峠をくだると脇道へ車を乗り入れ、吹き溜まりの雪のなかへ一ノ瀬を突き落とした。

夜の十時すぎ。瑠璃子は車を一ノ瀬の家にもどすと、自分の車に乗り換えて高山へ帰って行った。

あとはほとぼりが冷めるのを待って、大日向にコンタクトを取り、自分にプロダクションをやらせてほしいと、申しでることだけであった。

大日向にしてみれば、どうしても楠田でなければならない理由はなかった。

天下り先としてのプロダクションなのだ。

楠田はその話に乗ってこなかった。プロダクションは楠田抜きで発足しなければならなかったのだから、裏社会の人間でなかったら誰でもよかったのではないか。

瑠璃子は長年、東山芸能にタッチしてきた。

ずぶの素人ではない。さらに、女性であり、美貌の持主なのは、かえって好都合だったかもしれない。

瑠璃子はそこまで読んでことをはこんだ。

だとしたら、瑠璃子が外出する先とは？

大日向に自分を売り込むこと以外にない。

《ひかり》は名古屋までノンストップで突っ走った。

その《ひかり》が名古屋にちかづいたとき、頭上の棚に置いた宮之原のコートから、奇妙なメロディーがながれた。

ゴッドファーザー、愛のテーマのメロディーであった。

「警部さんの携帯電話の着信メロディーじゃないですか」

「着信メロディー？」

「ええ。いまの携帯は自分の好きなメロディーを組み込むことができるんです」

「それがゴッドファーザーの愛のテーマなんですか」

宮之原はそういいながら、あわててコートをおろし、ポケットから携帯を取りだした。

ちいさな携帯電話がゴッドファーザーの愛のテーマを鳴らしている。

宮之原は着信ボタンを押した。

愛のテーマがやみ、草壁の声が叫んだ。

「警部ですか。楠田瑠璃子が外出しました。車で国道158号線を荘川《しょうかわ》方向へ向かっています」

「まってくれ。いま、新幹線の車内なんだ」

宮之原は周囲をみまわし、デッキへ飛びだして行った。

智早はそのうしろ姿をみつめながら、着信メロディーを打ち込んだのが小清水峡子なのを思いうかべた。

コンピューターにつよい峡子なら、着信メロディーを打ち込むぐらい簡単なはずであった。

ゴッドファーザーの愛のテーマ。

宮之原の携帯電話の着信メロディーに、これほど似つかわしいメロディーはないのではないか。

宮之原はマフィアではないが、実質のボスであることはたしかであった。

峡子のボスであり、草壁のボスであった。草壁だけではなく、全国の都道府県警察に無数のファミリーがいるのではないか。

そのファミリーを駆使したら、表社会の犯罪に対してはもちろん、裏社会にも対抗できるのではないか。

そんなこころ強さと、着信メロディーにゴッドファーザーを選曲した峡子のユーモアが微笑ましく思える。

7

名古屋駅のちかくの駐車場にあずけた車に乗ると、宮之原は草壁に電話を入れた。

「楠田瑠璃子の車は荘川へ向かっています。白川郷《ごう》のほうへ行くのでしょうか。それとも、郡上八幡《ぐじょうはちまん》でしょうか」

草壁はとまどいながらこたえた。

「あなたが連絡を取ってください」

宮之原は携帯電話を智早に手わたし、勢いよく車をスタートさせた。

「電話代わりました。西脇です」

「西脇さん？　あなた、まだ警部にくっついてるんですか」

草壁は呆れたようにいったが、

「あなたなら、高山周辺の地理はわかりますね。いま、わたしは楠田瑠璃子から三百メートルほど距離をとって、尾行しています。この国道は荘川で白川郷方向と郡上八幡に分かれます。警部はどっちへ行くと推測していますか？」

と、たずねた。

「郡上八幡じゃないですか」

智早は頭のなかに飛騨地方の地図をうかべていた。

下呂温泉から西へ向かうと郡上八幡であった。

高山から荘川経由で、瑠璃子が向かっている場所は、郡上八幡だとしか思えない。

高山で会っても下呂温泉で会っても、ひと目につくが、郡上八幡なら瑠璃子も大日向も知っているひとはすくないはずであった。

「郡上八幡で誰と会うつもりなんです？」

草壁は不審そうな声になった。

「話してもいいよ」

宮之原がいった。

「誰と会うと思います？」

智早は悪戯っぽい口調で草壁にいった。

「警部が話してもいいといってるじゃないですか。誰と会うんです？」

草壁は苛立たしそうにたずねた。

「下呂温泉からくるひとのはずですけど……」

「下呂温泉？　すると大日向ですか」

「ピンポーン」

「すると、この事件は大日向が共犯だったんですか」

「それ、ちょっとちがうみたい。いま、こちらは枇杷島《びわじま》を通過しました。一宮インターで高速道路にはいりますから、郡上八幡に着くのはこちらが先になるかもしれません」

数年前、名神高速道路と東海北陸自動車道とがつながった。

一宮インターで高速に乗ってしまえば、郡上八幡まで一時間ほどのはずであった。

「わかった。荘川でまた連絡をします」

草壁はそういって電話を切った。

智早はダッシュボードの時計に目をやった。

二時四十分であった。

瑠璃子が郡上八幡に着くのは、五時ちかくになるはずであった。

ちょうど日が暮れるころであった。

郡上八幡は長良川《ながら》の上流にある奥美濃の経済の中心地で、湧き水に恵まれた城下町としてよく知られている。

瑠璃子と大日向は電話で連絡を取り合い、ひと目を避けて落ち合う約束を決めたのだろう。

ということは、すでにおおよその合意ができ、今夜は最終的な〝調印式〟をするつもりなのかもしれない。

大日向はどこまで事件に関わっていたのか。

智早はそれが不安であった。

その次第では、智早のデビューは吹っ飛ぶかもしれない。

草壁から次に連絡があったのは、宮之原の車が東海北陸自動車道にはいり、木曽川をわたっているときであった。

「楠田瑠璃子はやっぱり郡上八幡へ行くようです。八十キロちかいスピードで飛ばしてますから、白鳥《しろとり》までが四十分、白鳥からは東海北陸自動車道をつかえますので郡上八幡まで二十分たらずですね」

と、草壁はいった。

「こちらは木曽川を通過しました。郡上八幡には三十分ぐらいで着くと思います」

智早はこたえた。

ダッシュボードの時計は三時二十五分であった。

四時ごろには郡上八幡に着く。瑠璃子はそれに三十分ほど遅れて到着するはずであった。

「じゃあ、郡上八幡のちかくになったら、連絡を密にします」

草壁はそういって電話を切った。

智早は草壁のいったことを宮之原に告げ、目をフロントガラスへながした。

車は岐阜各務原《かかみがはら》インターを通過した。前方に美濃の山々がみえてきた。

山の向こうが関市、その向こうが美濃市、美並《みなみ》地区そして八幡の順であった。

美濃の山が飛ぶようにちかづいてきてトンネルにはいった。トンネルはいくつも断続して、それをくぐり抜ける度に山が深くなっていった。

郡上八幡のインターをでたのは四時すこしまえであった。

インターをでた道路は長良川に架かった橋をわたった。橋の前方すぐ右手が郡上八幡の市街地からながれてくる吉田川の合流点で、吉田川も長良川も澄んだ水が瀬音をたててながれ落ちて行く。

ここはもう奥美濃の山峡で、日没にはまだ一時間ほどあるはずなのに、うっすらと夕闇がただよい、川面からは霧が立ちのぼっていた。

車は白鳥のほうからくる国道にでた。

「どうします?」

智早は宮之原をみつめた。

「ここで待ってると瑠璃子の車と鉢合わせしてしまう。携帯電話のおかげで連絡は自由に取れるんだから、わたしたちは下呂温泉からくるひとを見張ろう」

宮之原はそういい、郡上八幡の市街地へつうじる道へ車を乗り入れた。

下呂温泉からは大日向がくるはずだ。

大日向をつかまえると、自然と瑠璃子と会うところを押さえることができる理屈であった。

車は郡上八幡の市街地にはいった。

山峡の町は静かに暮れていこうとしていた。

宮之原は市街地のいちばん奥に架かった八幡大橋のたもとまで車をすすめ、道路脇で車をとめた。

下呂温泉からくる大日向はその八幡大橋をわたって市街地へはいるはずであった。

智早がにぎりしめている携帯電話がゴッドファーザーのメロディーを鳴らした。

「楠田瑠璃子は郡上八幡のインターをおります」

草壁がいった。

宮之原が手を差しのべ、携帯をとると、

「わたしはいま、八幡大橋のたもとにいる」

と、告げ、はっと目をこらした。

橋の向こう側にちいさな山が盛りあがっていて、そこが神社になっているらしい。

その小山の裾を白いベンツがこちらへ向かってくるところであった。

白いベンツ。東京や名古屋のような都会ならともかく、それが大日向の車なのは、ひと目みるだけで察しとれた。

白いベンツは八幡大橋をわたり、すぐに右折した。

その先に古風な工場がみえている。工場の一角が明るくなっていて、屋根の上におおきなビールジョッキがライトアップされていた。

「草壁さん、楠田瑠璃子は八幡大橋の先の地ビールのレストランへ行くはずだよ。わたしは先に行って待っている」

宮之原はそれだけを告げ、携帯電話を智早に手わたすと、ゆっくりと車をスタートさせた。

そこはもう市街地のはずれであった。

大日向は地ビールのレストランの駐車場に車をとめ、レストランへはいって行った。

紡績工場がむかしの社屋を利用して、地ビールをつくっているらしい。レストランも社屋を改装したもので、窓に紗のカーテンがかかっていて、窓辺のテーブルにすわった大日向のシルエットが、カーテンに映っていた。

十分と経たずに瑠璃子が駐車場に車をとめた。

それを追うように草壁の車が到着した。

「踏み込みますか！」

草壁は顔をひきつらせていた。

草壁の横で同行してきた若い刑事が武者ぶるいがするのか、唇を噛みしめている。

宮之原がその刑事にいった。

「あなたは楠田瑠璃子や大日向に顔を知られてないね。携帯電話を通話状態にして、ふたりの隣のテーブルにすわってください。どんな会話をするか、話を聞いたうえで踏み込むことにしよう」

「はい」

若い刑事は緊張した表情でこたえ、宮之原の電話の番号をプッシュした。

ゴッドファーザーのメロディーがながれた。

草壁は、ン？　という顔になったが、宮之原は受信ボタンをおし、通話状態になったのをたしかめたうえで、若い刑事はレストランへはいって行った。

紗のカーテンに映ったシルエットがふたつになった。

智早たちのいるところは夕闇につつまれ、レストランの明かりが闇のなかにうかびあがっている。

携帯電話から大日向の声が洩れてきた。

「奥さん、わたしは奥さんの話をことわるために、ここへきたんです」

智早も宮之原も草壁も携帯電話をみつめた。

「わたしはね。粘りづよく楠田さんを口説き落とすつもりでいました。口説き落とせる自信もあった。あなたはわたしの夢を打ち砕いたんだ。夢を打ち砕いたひとと組む気にはなれませんね」

「わたしが何をしたと仰《おっしゃ》るんです?」

瑠璃子が甘い声でいった。

「奥さん、わたしを甘くみないでください。奥さんのなさったことは、素人の社会なら通用するかも知れませんが、わたしらの世界はそんなに甘くないんですよ。あの程度のことをみとおせないようですと、わたしはとっくに命をなくしていましたよ」

大日向はそういうと低い笑い声を漏らした。

「何を仰ってるのか、わたしにはさっぱりわかりませんけど……」

瑠璃子は大日向にからだを寄せるようにしていった。

「奥さんのなさることは、ひとつだけです。自首をしなさい。なさらないと、わたしは警察に知らせなくてはならなくなります」

紗のカーテンに映った大日向のシルエットが立ちあがった。

「自首? わたしが何を自首しますの? 何か誤解なさってるんじゃございませんこと?」

瑠璃子のシルエットがまわりをはばかるように、左右をみまわし、

「ここじゃ打ち解けたお話ができませんわ。場所を変えませんか?」

大日向にすがり寄った。

「わたしは奥さんと組んでプロダクションをつくる気はありません。お話しするのはそれだけです」

大日向は手を振りはらい、

「ご自分で自首なさる度胸がないのでしたら、わたしがいま、警察に電話をして差しあげましょうか」

冷ややかにいった。

瑠璃子はその大日向をみつめ、

「大日向さん、それでよろしいんですか。鳥飼さんや組の方たちに秘密でプロダクションをつくろうとなさっていた。わたしはそれを警察でぶちまけますよ」

瑠璃子は低い声で、必死にいった。

「どうぞ、ご随意に……」

大日向は瑠璃子を振りはらった。

瑠璃子はワッと泣き伏した。

智早は宮之原をみつめた。

瑠璃子が大日向にいった最後のひと言は、犯行をみとめたのもおなじであった。

大日向が鳥飼孝裕や暴力団に秘密で、プロダクションをつくろうとしていたのも宮之原がみ抜いたとおりであった。

智早の胸のなかでサンショウウオのイメージが消えた。

大日向は暴力団の息のかかった人物だが、片平が話したように信用できる男だった。

すくなくとも、楠田や夕規子の殺害には関わっていなかった。

「いいよ」

宮之原は草壁にいった。

「承知しました」

草壁はレストランへ躍り込んで行った。

智早は紗のカーテンがかかったレストランをみつめ、耳をすました。

携帯電話から、

「楠田瑠璃子、あなたを楠田裕司、八巻夕規子、一ノ瀬友也の三人を殺害した容疑で緊急逮捕する」

草壁の声がひびいた。

宮之原は智早にいった。

「あとは草壁さんにまかせましょう」

そういうと、受信ボタンを切り、その携帯電話を智早に差しだした。

「………?」

智早は宮之原をみつめた。

「事件が解決したことを、片平さんに知らせなきゃいけないでしょう。片平さんは録音をいそいでいる。片平さんだけじゃない。時代があなたの歌を待っているんです」

宮之原は微笑をうかべながらいった。

智早は携帯電話をにぎりしめた。

その電話の上で涙が散った。

時代が智早の歌を待っているという実感は持てなかったが、『ここは天領、飛騨の町』を精いっぱい歌おう。その歌が時代に受けいれられたとしたら、それ以上の幸せはない。

いや、なんとしてでもヒットさせる。ヒットさせて楠田に恩返しをしなければならない。事件の巻き添えをくった夕規子のためにも……。

智早は決意を噛みしめた。

智早の胸のなかで、今朝、片平の家で聞いたオーケストラが響きわたっている。

耐えることしかできない町で
耐えて……
ここは天領　飛騨の町

（了）

文庫版へのあとがき

この小説は平成11年に双葉社から発行したものですが、いままで、文庫化もリメイクもされませんでした。

ぼくの小説としては、めずらしい例ですが、それには、いろいろな事情がありました。

いちばん大きな理由は、この本では、『ワンコインシンガー』という表現を使っていますが、元本では『百円シンガー』となっていました。

『百円シンガー』というのは、蓮如賞作家・末永直海さんの造語で、著作権の侵害だとクレームがつき、発行元の双葉社が弱気のため、発売禁止に追い込まれたのです。

造語には著作権はありません。

『カラオケ』も造語ですし、『なでしこジャパン』も造語です。

どちらにも、つくったひとがいるはずですが、毎年、何万とつくられ、『今年の流行語大賞』というイベントまで設けられている〝造語〟に、いちいち著作権をつけていたら、日常生活が煩雑で仕方なくなってしまうでしょう。

ぼくは盗作をする気持ちなどまったくなく、『あとがき』に末永さんの造語であることを書いたうえ、発行と同時に末永さんに本を送りました。

一部、主人公の西脇智早にとどいた芸能事務所からのファックスの文面をそっくり使いましたが、それは『このとおり、あなたの本を参考にしましたよ』という親愛の表現として使ったもので、本誌の57ページをみていただければわかるように、ファックスで出演依頼のあったの1行で片づけています。末永さんの文面を使わなければ、小説の構成が成り立たないというようなものではないのです。


その小説がやっと文庫化されることになりました。

タイトルを『飛騨十三墓峠殺人事件』(原題は『飛騨高山殺人事件』)と替えたのは、つい2年ほどまえ、ナショナル出版から『飛騨高山祭り殺人事件』というのがでていて、まぎらわしくなるのを避けたためです。

ただ、十三墓峠は実在する峠で、ぼくがはじめて訪れたのは、40年もむかしですが、高山行きの路線バスが、10分ほど停車して、絶景を堪能させてくれました。

眼下はJR高山本線の走る谷。

その谷の向こうは加賀の白山までつづく奥飛騨の山々。

それこそ〝万岳の波濤〟が波うっていて、ちょうど夕日が落ちた直後だったため、茜色の空をバックに、波をうつ山々が濃く薄くシルエットを描いていて、それはそれは壮大、且つ優雅な風景でした。

さて、文芸社からぼくの小説をだしてもらうのは、この『飛驒十三墓峠殺人事件』がはじめてですが、これはほんの名刺代わり。次回作、どうか、期待してください。

二〇一二年三月吉日

木谷恭介

本書は、一九九九年一月、双葉社から発売された単行本『飛騨高山殺人事件』を改題し、加筆・修正したものです。

＊この作品はフィクションであり、作中に登場する個人名、団体名などは、すべて架空のものです。

文芸社文庫

飛騨十三墓峠《じゅうさんぼとうげ》殺人事件

二〇一二年四月十五日　初版第一刷発行

著者　木谷恭介
発行者　瓜谷綱延
発行所　株式会社　文芸社
〒一六〇－〇〇二二
東京都新宿区新宿一－一〇－一
電話　〇三－五三六九－三〇六〇（編集）
　　　〇三－五三六九－二二九九（販売）
印刷所　図書印刷株式会社
装幀者　三村淳

ISBN978-4-286-12040-9

［文芸社文庫　既刊本］

火の姫　茶々と信長
秋山香乃

兄・織田信長の命をうけ、浅井長政に嫁いだ於市は於茶々、於初、於江をもうけるが、やがて信長に滅ぼされる。於茶々たち親娘の命運は――？

火の姫　茶々と秀吉
秋山香乃

本能寺の変後、信長の家臣の羽柴秀吉が後継者となり、天下人となった。於市の死後、ひとり残された於茶々は、秀吉の側室に。後の淀殿であった。

火の姫　茶々と家康
秋山香乃

太閤死して、ひとり巨魁・徳川家康と対決する於茶々。母として女として政治家として、豊臣家を守り、火焔の大坂城で奮迅の戦いをつらぬく！

それからの三国志　上　烈風の巻
内田重久

稀代の軍師・孔明が五丈原で没したあと、三国志は新たなステージへ突入する。三国統一までのその後のヒーローたちを描いた感動の歴史大河！

それからの三国志　下　陽炎の巻
内田重久

孔明の遺志を継ぐ蜀の姜維と、魏を掌握する司馬一族の死闘の結末は？　覇権を握り三国を統一するのは誰なのか!?　ファン必読の三国志完結編！

［文芸社文庫　既刊本］

トンデモ日本史の真相　史跡お宝編
原田　実

日本史上の奇説・珍説・異端とされる説を徹底検証！　文庫化にあたり、お江をめぐる奇説を含む2項目を追加。墨俣一夜城／ペトログラフ、他

トンデモ日本史の真相　人物伝承編
原田　実

日本史上でまことしやかに語られてきた奇説・珍説・伝承等を徹底検証！　文庫化にあたり、「福澤諭吉は侵略主義者だった?」を追加（解説・芦辺拓）。

戦国の世を生きた七人の女
由良弥生

「お家」のために犠牲となり、人質や政治上の駆け引きの道具にされた乱世の妻妾。悲しみに耐え、懸命に生き抜いた「江姫」らの姿を描く。

江戸暗殺史
森川哲郎

徳川家康の毒殺多用説から、坂本竜馬暗殺事件の謎まで、権力争いによる謀略、暗殺事件の数々。闇へと葬り去られた歴史の真相に迫る。

幕府検死官　玄庵　血闘
加野厚志

慈姑頭に仕込杖、無外流抜刀術の遣い手は、人を救う蘭医にして人斬り。南町奉行所付の「検死官」が、連続女殺しの下手人を追い、お江戸を走る！

[文芸社文庫　既刊本]

蒼龍の星㊤　若き清盛
篠　綾子

三代と名づけられた平忠盛の子、後の清盛の出生の秘密と親子三代にわたる愛憎劇。やがて「北天の王」となる清盛の波瀾の十代を描く本格歴史浪漫。

蒼龍の星㊥　清盛の野望
篠　綾子

権謀術数渦巻く貴族社会で、平清盛は権力者への道を。鳥羽院をついで即位した後白河は崇徳上皇と対立。清盛は後白河側につき武士の第一人者に。

蒼龍の星㊦　覇王清盛
篠　綾子

平氏新王朝樹立を夢見た清盛だったが後白河との仲が決裂、東国では源頼朝が挙兵する。まったく新しい清盛像を描いた「蒼龍の星」三部作、完結。

全力で、1ミリ進もう。
中谷彰宏

「勇気がわいてくる70のコトバ」――過去から積み上げた「今」を生きるより、未来から逆算した「今」を生きよう。みるみる活力がでる中谷式発想術。

贅沢なキスをしよう。
中谷彰宏

「快感で生まれ変われる」具体例。節約型のエッチではなく、幸福な人と、エッチしよう。心を開くだけで、感じるような、ヒントが満載の必携書。